AF190255

Leben, Träumen und Sterben

Leben, Träumen und Sterben

kurze Geschichten rund ums Jahr

und

Kommt und holt sie

von Josa Wode

Bibliografische Information der Deutschen Nationalbibliothek: Die Deutsche Nationalbibliothek verzeichnet diese Publikation in der Deutschen Nationalbibliografie; detaillierte bibliografische Daten sind im Internet über `http://dnb.dnb.de` abrufbar.

© 2018 Josa Wode

Alle Geschichten wurden erdacht und geschrieben von Josa Wode.

Vielen Dank für das hilfreiche und aufmerksame Lektorat an Nuala Huther und Gesa Sophie Lichtner.

Buchblock erstellt mit *textstory-to-beautiful-latex-html*
`https://bitbucket.org/jgehrcke/textstory-to-beautiful-latex-html/src`

Verwendete Schriftarten (Buchblock):
GentiumPlus und GentiumBasic (`https://software.sil.org/gentium/`)

Verwendete Schriftarten (Umschlag):
Bilbo (`https://www.fontsquirrel.com/license/bilbo`)
Butler von Fabian De Smet (`https://www.fontsquirrel.com/license/butler`)

Herstellung und Verlag: BoD – Books on Demand, Norderstedt

ISBN: 978-3-7460-9728-2

Inhalt

Vorwort

Von klein auf haben mich Erzählungen begeistert. Ich hatte bereits früh Interesse, selber welche zu erschaffen. Neben einigem Unvollendeten sind dabei jedoch lediglich zwei kurze Geschichten entstanden.

Heute bin ich froh, dass diese keinem größeren Publikum zugänglich sind. Dennoch habe ich beim Schreiben wertvolle Erfahrungen gesammelt. Aus den vielen nicht fortgeführten Anfängen habe ich weit weniger gelernt. Auf meiner Tastatur steht daher: »Whatever it takes to finish things, finish.« Das hilft. Danke, Neil Gaiman.

Eine große Hürde für mich war – und ist bisweilen noch – die Angst, Fehler zu machen, etwas Schlechtes zu produzieren. Neil Gaiman gibt diesbezüglich folgenden Rat: »Make new mistakes. Make glorious, amazing mistakes. Make mistakes nobody's ever made before.«[1]

Es fällt mir oft schwer, meine eigene Arbeit einzuschätzen. Am einen Tag finde ich sie gut oder annehmbar oder weiß es schlicht nicht zu sagen, am nächsten möchte ich sie am liebsten in den Müll werfen.

Nur dadurch, dass ich die Resultate meines Schreibens anderen zu lesen gebe, kann ich lernen, wie sie ankommen. Und natürlich müssen sie nicht bei allen gut ankommen, nicht mal bei den meisten. Ich freue mich über jede Person, die sie als lesenswert empfindet.

Die positiven Rückmeldungen, die ich zu den bereits auf meiner Webseite[2] veröffentlichten Geschichten erhalten habe, zeigen mir, dass ich auf einem guten Weg bin. Es ist für mich etwas ganz Besonderes, etwas zu schaffen, das andere ergreift, mitreißt, unterhält, träumen lässt oder sogar nachdenklich macht.

Ich schreibe nicht nur für den Selbstzweck, ich möchte Lesende damit erreichen. Dieses Buch ist für mich ein weiterer kleiner, aber wichtiger Schritt in die richtige Richtung.

Jeder Monat hat eine eigene Stimmung. Die zwölf Geschichten der Reihe *Leben, Träumen und Sterben* greifen die Witterung oder auch besondere Tage ihres jeweiligen Monats auf. In den Erzäh-

---

[1] Ich empfehle die ganze Rede mit dem Titel *Make Good Art*, zu finden auf Youtube.
Text: https://www.uarts.edu/neil-gaiman-keynote-address-2012
[2] http://writing.fotoelectrics.de

lungen herrscht insgesamt ein düsterer Grundton, wobei positive Wendungen möglich bleiben.

Die Geschichte *Kommt und holt sie* greift Elemente aus Märchen und phantastischen Erzählungen spielerisch – doch kritisch – auf und bricht dabei mit bestehenden Mustern.

In meinem Alltag oder beim Lesen fühle ich mich häufig durch Geschlechterstereotype gestört. Geschlechterbilder sind allgegenwärtig und prägen unser Verhalten und unsere Erwartungen. Ich bin nicht frei davon, doch empfinde es als problematisch, wenn aus starren Bildern Zwänge erwachsen. Menschen, die nicht mit den gesellschaftlichen Normen von Mann und Frau übereinstimmen, wird das Leben unnötig schwer gemacht.

In meinen Augen spielt das Geschlecht für die meisten Belange keine Rolle. Dennoch werden wir auf der Arbeit, beim Fußball spielen, beim Hausputz und in unzähligen weiteren Situationen stets nach Geschlecht kategorisiert und entsprechend unterschiedlich behandelt.

Ich hoffe, in meinen Geschichten diese Zwänge und Ungleichheiten etwas aufzuweichen und dem mit ihnen einhergehenden Wahnsinn zu entkommen.

Ich wünsche eine gute Reise in die Welten, die beim Lesen entstehen mögen.

Josa Wode

Januar

Im Mund klebt alles, die Zunge ist pelzig und der Geschmack widerwärtig. Wenn sie ausatmet, riecht sie ihre eigene Fahne, wodurch sich in ihrem aufgewühlten Magen alles zusammenkrampft. Sie richtet sich unsicher auf, wobei es sich so anfühlt, als ob ihr Gehirn verzögert folgt und dann in ihrem Schädel hin und her schwappt. Dabei durchfährt sie dumpfer Schmerz und Schwindel, während vor ihren Augen alles verschwimmt. So sitzt sie eine Weile auf ihrer Bettkante und atmet schwer. Die Luft in dem kleinen Zimmer ist zum Schneiden.

Ihr Zustand stabilisiert sich etwas, wenn man auch nicht ernsthaft von Besserung sprechen kann. Es hilft nichts – sie richtet sich unsicher auf, wobei sie eine erneute Rebellion ihres Körpers unterdrücken muss, und tapst unsicher durch ihre auf dem Boden verstreute Kleidung zum Fenster. Die eisig kalte Luft dringt schmerzhaft, aber auch befreiend in ihre Atemwege. Für einen Moment fühlt sie sich völlig klar und nüchtern, doch noch bevor sie große Pläne schmieden kann, kehrt die Übelkeit mit Anlauf zurück. Sie rennt ins Bad, stößt dabei schmerzhaft mit dem rechten Fuß gegen einen ihrer Stiefel und befördert diesen unter das Bett. Die Zimmertür lässt sie offen, die Badtür knallt sie achtlos hinter sich zu. Gerade noch schafft sie es, vor dem Klo in die Hocke zu gehen, da erbricht sie auch schon in einem gewaltigen Schwall in die Schüssel. Tapfer versucht sie, den Geschmack in ihrem Mund zu ertragen und mit genügend Speichel ins Klo zu spucken, doch sitzt ihr das Erbrochene auch in der Nase und mit Hochziehen und Ausspucken stellt sich kaum Besserung ein. Sie würgt erneut, diesmal einen kleineren Schwall, bei dem es sich anfühlt, als ob ihr Reste im Hals stecken bleiben. Immer, wenn sie gerade denkt, das müsste es gewesen sein, würgt sie einen neuen Schwall Mageninhalt hoch. Von der Anstrengung pulsieren die Adern in ihren Schläfen und der dumpfe Schmerz in ihrem Schädel wird immer drückender. So geht es eine gefühlte Ewigkeit, doch irgendwann ist es vorbei. Völlig entkräftet richtet sie sich auf und wankt zum Waschbecken, spült Mund und Nase aus so gut es geht und trinkt vorsichtig ein paar kleine Schlucke – mehr wagt sie nicht. Sie putzt sich die Zähne, obwohl sie weiß, dass ihnen dies in Kombination mit der Magensäure schaden kann. Den Mund spült sie gründlich aus, da sie durch den Geschmack der Zahnpasta erneutes Erbrechen fürchtet – das wäre schließlich nichts Neues für sie.

Hundeelend, doch irgendwie erleichtert, schleppt sie sich in ihr Bett zurück. Das Schlimmste ist geschafft. Jetzt heißt es Geduld wahren. Vielleicht wird sie in ein paar Stunden sogar etwas essen können. Gestern war sie sehr motiviert gewesen – nicht wegen Silvester, sondern weil sie wusste, dass die meisten anderen genauso auf Eskalation aus sein würden wie sie. Sie wollten etwas erleben. Sie wollten, dass Außergewöhnliches passierte. Sie wollten, dass sie etwas aus ihrem Alltag riss. Und das ließ sich mit viel Alkohol forcieren. Auch wenn es in Krawall enden würde, hätten sie einen gewissen Kick und hinterher etwas zu erzählen – irgendwer würde sich schon daran erinnern und die Detektivarbeit des gemeinsamen Rekonstruierens war für sie ebenfalls reizvoll.

Das ist der einfache Weg, denkt sie jetzt. Sie sieht sich eigentlich nicht als der Typ, der es sich leicht macht. Sie will es richtig machen. Wie viele Gehirnzellen waren im Klo herunter gespült worden? Was hätte sie an den Tagen erreichen und erleben können, die sie verkatert vor dem Fernseher hing und Serien konsumierte, die vom Gehalt meist gut zur dazugehörigen Fertigpizza passten. Oder ist Fertigpizza gehaltvoll? Egal.

So driften ihre Gedanken dahin, teils noch mit der Denksportaufgabe beschäftigt, was sie alles getrunken hatte und wo sie überall gewesen war, teils mit der Frage, was sie ohne Alkohol tun könnte, wie sich das auf ihr Leben auswirken würde und ob sie nicht einfach ihren Rucksack packen und drauflos laufen sollte, vielleicht ein paar Monate, vielleicht Jahre, oder sogar für immer – doch jetzt im Winter?

Irgendwann merkt sie, dass es bitter kalt geworden ist und erinnert sich an das Fenster. Nachdem sie einen harten inneren Kampf ausgefochten hat, rafft sie sich auf, schließt das Fenster, dreht etwas am Heizungsregler, ohne recht darauf zu achten, und verkriecht sich mit angezogenen Beinen, die sie mit den Armen umschlingt, unter der Bettdecke. Ein Schaudern durchfährt sie. Während sie so schwach und in allem eingeschränkt daliegt und darauf wartet, dass die Wärme zurückkehrt, ist sie genau im richtigen Geisteszustand für grundlegende Veränderung. Sie spürt, dass die Umstände völlig egal sind, dass sie einfach nur in ihrem Kopf eine Weiche umlegen müsste, eine Entscheidung treffen und dann anfangen, etwas anders zu machen. Sie würde erstmal für einen Monat keinen Alkohol trinken, vielleicht länger, denn im Grunde weiß sie, dass ihre Exzesse – mögen sie auch oft sehr unterhaltsam gewesen sein – nur behindern. Doch woran hindern sie sie? Was will sie eigentlich? Das ist der Kern des Ganzen.

Plötzlich spürt sie es. Es ist da, in ihrem Inneren, fast greifbar. Doch noch entweicht es ihrem Griff, entzieht sich ihren suchenden Blicken. Sie muss erst alles loslassen, woran sie sich klammert, um ihre Suche beginnen zu können. Da kommt die Leere. Sie ist mit einem Mal ganz leicht und frei von allem, was eben noch schwer auf sie niederdrückte. Und dann fliegt sie einfach los, lässt die Leere hinter sich. Unbekannte Landstriche gleiten unter ihr hinweg. Sie weiß, dass sie noch weiter muss. Ein innerer Kompass weist ihr den Weg und sie spürt, wie sie der Wind unter ihren Federn ihrem Ziel entgegen trägt. Tag und Nacht wechseln sich viele Male ab, doch ihr Flug bleibt mühelos und unbeschwert, bis sie es schließlich vor sich sieht, jenseits des Flusses. In weiten Kreisen segelt sie aus großer Höhe herab, ihr Ziel stets fest im Blick, bis sie landen kann. Das Gefühl, endlich angekommen zu sein, durchflutet sie mit wohliger Wärme. Hier ist es. Das ist, was sie wirklich will.

Als sie erwacht, ist ihr nur noch leicht flau und die Kopfschmerzen sind halbwegs erträglich geworden. Draußen wird es allmählich dunkel. Es ist an der Zeit, etwas zu essen. Sie macht sich eine Fertigpizza, nimmt sie mit ins Bett und startet eine ihrer Lieblingsserien von Neuem. Doch sie weiß, dass sie jederzeit etwas anders machen kann und vielleicht fängt sie schon morgen damit an.

Februar

Der pappige Schnee gab widerwillig unter Davids Skiern nach. In der Stille, die sonst jegliches Geräusch aufzusaugen schien, wirkte dies auf ihn wie Krachen, das man bis hinab ins Tal hören musste. Er kam zum Stehen – längst nicht mehr so wackelig wie noch vor wenigen Tagen. Sein schweifendes Auge fing das Gebirgspanorama ein. Irgendwo ganz unten im Tal, von hier unerreichbar, musste die Schnellstraße verlaufen, doch sichtbar war von ihr oder sonstigen Zeichen der Zivilisation nichts. Sein Blick blieb an den düsteren Wolken hängen, die ihn schon seit der letzten Rast beunruhigten – da braute sich etwas zusammen, von dem er ganz sicher nicht wollte, dass es sie hier draußen erwischte. Auch der Wind wurde allmählich stärker, sein Rauschen drang durch die Stille. Während der letzten Abfahrt hatte er ihm mit eisigen Nadeln in die Wangen gestochen.

Lauras Ruf riss ihn aus seinen Gedanken: »Nun komm schon! Es kann nicht mehr weit sein bis zur Hütte.«

Bevor er sie kennengelernt hatte, war er, bis auf gelegentliche Touren mit dem Mountainbike, kein besonders sportlicher Mensch gewesen. Ihre Freundschaft hatte dies grundlegend umgekrempelt. Nun waren Natur und Bewegung in verschiedensten Formen das, was ihn antrieb, und andere Interessen waren in den Hintergrund gerückt. Aber er brauchte Laura, um seine Trägheit zu überwinden. Letztes Jahr erst hatte sie ihn motiviert, Skifahren zu lernen, und nun waren sie bereits auf einer zweiwöchigen Hüttentour. Hier gab es nicht einmal überall Lifte, sodass sie nach einer Abfahrt des Öfteren die Skier schultern und einen langen, beschwerlichen Aufstieg beschreiten mussten. Laura war, wie meist, vorausgewedelt und stand nun, ungeduldig mit dem Skistock winkend, ein gutes Stück talwärts. Es sah immer so leicht aus, wenn sie sich bewegte. David atmete tief durch, zurrte seinen Wanderrucksack zurecht, um die Last wieder mehr auf die Hüften und von den schmerzenden Schultern zu bringen, dann verlagerte er sein Gewicht auf den Skiern und fuhr Laura nach, die sich ebenfalls bald wieder in Bewegung setzte.

Es wurde eine lange Abfahrt. Als er Laura einholte, hatte sie ihren Rucksack abgesetzt und die Karte aus dem Deckelfach hervorgekramt. Wie um ihn zu begrüßen, sagte sie: »Scheiße! Es hätte längst der Abzweig zur Hütte kommen müssen!«

David sah ihr an, dass sie müde war. Er selbst hätte sich am

liebsten auf der Stelle in den Schnee fallen lassen. Ein Blick auf
die Uhr verriet, dass sie noch etwa eine Stunde bis zum Einbruch
der Dunkelheit hatten. Der inzwischen gänzlich verhangene Himmel und die hohen Fichten, die dicht an der schmalen Strecke
standen, vermittelten jedoch den Eindruck, es würde jetzt bereits
dunkel. David wollte helfen, ihre Position zu bestimmen, doch
über Lauras Schulter auf die Karte gucken zu müssen, machte ihn
unruhig und gereizt, zumal er spürte, dass sie ebenfalls genervt
war. Daher ließ er rasch wieder davon ab, starrte ins Leere und
konzentrierte sich auf seine Atmung. Die kalte Luft schmerzte in
der Nase und trieb ihm Tränen in die Augen. »Keine Ahnung, wo
wir den Abzweig verpasst haben, aber es dürfte ein gutes Stück
weiter oben gewesen sein. Das müssen wir uns, wie es aussieht,
alles wieder hoch schleppen. Diesmal halten wir die Augen besser
offen – wäre sowieso schon ein Wunder, wenn wir es noch vor
der Dunkelheit zur Hütte schaffen.«

»Na, dann los!« David versuchte optimistisch zu klingen, doch
sie würde vor allem gehört haben, wie erschöpft er war. Kaum
waren sie mit ihren klobigen Stiefeln losgestapft, fielen dicke
Flocken vom Himmel. Es waren so viele, dass die beiden nur noch
wenige Meter weit blicken konnten. Insgeheim dachten sie beide
daran, wie leicht sie nun den Abzweig verpassen würden, doch
blieb es unausgesprochen, da sie einander nicht beunruhigen
wollten. Bald glühten ihre Köpfe und die warmen Klamotten waren von innen schweißgetränkt. Sie redeten nicht, dachten nicht
viel nach, setzten nur einen schweren Fuß vor den nächsten,
sackten dabei immer tiefer in die stetig steigende Schneedecke.
Die wenigen Gedanken drehten sich um das Erreichen der Hütte
– dazwischen Fragen, was wäre, wenn sie es nicht bis dorthin
schafften oder den Weg nicht fänden oder einer von ihnen umknickte und nicht mehr laufen konnte. Diese Art von Gedanken
überwog bald, neue Erkenntnisse ergaben sich daraus nicht. Inzwischen war wahrhaftig die Dämmerung hereingebrochen – von
der ersehnten Abbiegung noch keine Spur.

Als David schlicht nicht mehr konnte, setzten sie sich hin, um
eiskalte Bananen und knochenharte Müsliriegel in sich hinein zu
stopfen. Auch Laura sah erschöpfter aus, als David sie je gesehen
hatte. Er freute sich schon darauf, wenn sie nach ihrem Urlaub
von ihrem Abenteuer erzählen würden – falls sie es schafften.
Nach einem Blickwechsel und einem leichten Nicken ihrerseits,
hievten sie sich wieder auf die schmerzenden Beine. Dem Schein
ihrer Stirnlampen folgend, stapften sie weiter bergan und in die

Nacht. Beinahe hätten sie erneut die Abbiegung verpasst, die auf dem ersten Stück kaum breiter als ein Trampelpfad war. Doch da war eindeutig sichtbar die Markierung – zumindest, wenn man von unten kam.

»Vielleicht können wir ab da oben wieder fahren und wenn es gut läuft, haben wir es in einer halben Stunde geschafft.«

»Vielleicht ist jemand anderes auf der Hütte und hat schon Feuer gemacht.« Vielleicht.

Sie erklommen die Kuppe des Pfades, der nur dadurch erkennbar war, dass auf ihm weniger Bäume standen. Nun sahen sie, wie er sich leicht abfallend entlang der Flanke des Berges verlaufend durch den Wald schlängelte. Lauras Bindung war vereist, doch nachdem sie eine Weile mit dem Skistock darin herumgestochert hatte, griff sie wieder und die beiden fuhren abwärts. Die Ungewissheit, wann sie ihr Ziel erreichen würden, und die körperliche Erschöpfung lasteten schwer auf ihnen.

Irgendwann endete das Waldstück, durch das sie fuhren, auf einer Lichtung. Umrahmt von den letzten Fichtenzweigen zeichnete sich der Umriss der lang ersehnten Hütte dunkel vor ihnen ab. Die Anspannung fiel wie eine Last von ihren Schultern. Sie blickten sich an – ihre eigene Müdigkeit und Erleichterung spiegelte sich im Gesicht des Gegenüber wider, auch wenn sie sich gegenseitig mit ihren Lampen blendeten. Wärme, Ruhe und Sicherheit waren endlich in greifbarer Nähe. David malte sich bereits aus, wie sie mit einer heißen Suppe vor einem prasselnden Kaminfeuer sitzen würden. Die Wärme würde ihre Glieder durchfluten, die strapazierten Muskeln entspannen und wohlige Müdigkeit sich wie eine Decke über sie legen. Und dann wartete schon ganz bald der kuschelige Schlafsack.

Doch als sie näher kamen, sahen sie die Tür der Hütte offen stehen. Damit war der Traum rascher Behaglichkeit zerstört.

»Welcher Idiot war das denn?«

Trotz dieses Ärgernisses waren David und Laura unendlich erleichtert, die Hütte erreicht zu haben. Für den Moment waren die Strapazen des Tages vergessen. Sie stellten ihre Skier unter dem weit überhängenden Vordach des Holzhauses ab und traten in das Innere. Da sahen sie im Licht ihrer Stirnlampen jemanden auf dem Boden liegen.

»Hey, da liegt wer!« Beide stellten ihre Rucksäcke im Eingangsbereich ab und eilten zu der am Boden liegenden Gestalt. Vielleicht hatte jemand Kreislaufprobleme bekommen und war gestürzt. Sie knieten sich neben die Person, von der sie nun annahmen, das es sich um einen Mann in seinen Vierzigern handelte. David, der zuerst eingetreten war, kniete neben dem Kopf des Mannes. Seine Hand, mit der er sich abstützen wollte, fasste dabei in etwas Nasses auf dem Boden. Er hob sie in den Lichtkegel vor seinem Gesicht und stellte entsetzt fest, dass eine klebrige rötliche Flüssigkeit seine Finger bedeckte. »Blut! So eine Scheiße!« Er begann zu zittern und ein Kribbeln durchfuhr seinen Körper von unten nach oben, setzte sich schließlich in seinem Kopf fest. Hektisch packte er den Mann bei den Schultern und schüttelte ihn.

»He! Alles in Ordnung? Aufwachen!« Dabei drehte sich der Kopf des Mannes, der bisher abgewand gewesen war, ihnen zu. In der Mitte seiner Stirn war ein Loch, wie sie es nur aus Filmen kannten, dennoch wussten sie sofort, was es war. Aus dem Loch rann Blut, das die komplette rechte Gesichtshälfte des Mannes getränkt hatte und sich nun seinen Weg über die linke Wange suchte. Laura, die bisher an seinem Handgelenk versucht hatte, den Puls zu fühlen, beugte sich vor und fühlte am Hals des Mannes. »Ich glaube, er ist tot.« Ihre Stimme klang ganz verändert – schwach und unsicher. David entgegnete mit einer monotonen Stimme, die klang, als wäre er gerade aus tiefem Schlaf gerissen worden: »Wir sollten die Polizei rufen.«

Laura holte ihr Outdoorhandy aus dem Rucksack, schaltete es ein und ging schließlich nach draußen, um besseren Empfang zu haben. David, der weiter apathisch neben dem Mann gekniet hatte, raffte sich hoch und ging ebenfalls hinaus. Er wollte nicht allein mit dem Toten in der Hütte bleiben. Während Laura telefonierte, wusch er sich im Schnee das Blut von den Händen. Nach einer Weile trat sie neben ihn und er hielt inne. Seine Hände waren nun nur noch rot von der gesteigerten Durchblutung und brannten wegen der Kälte. »Na, die sind vielleicht lustig! Sie sagen, dass sie es erst morgen früh hier her schaffen können. Wir sollen hier bleiben und nichts anrühren.« Nun klang sie vor allem verärgert, aber auch beunruhigt.

»Und was, wenn der...«, David musste das nächste Wort geradezu hochwürgen, um es über die Lippen zu bringen, »...Mörder zurückkommt? Ich habe auch die Befürchtung, dass es noch nicht lange her ist.«

»Das habe ich auch gesagt, aber sie meinten nur, das wäre sehr unwahrscheinlich und er würde wohl schon über alle Berge sein.

Da kennen sie ihre Berge schlecht.« Sie lachte kurz und freudlos. »Aber vielleicht haben sie ja recht, dass er längst abgehauen ist.«

Nachdem sie diese Information halbwegs verdaut hatten, gingen sie in die Hütte, setzten ein Feuer in Gang – es war zum Glück genügend Brennmaterial vorrätig – und schlossen dann die Eingangstür. Möglichst weit weg von dem Toten breiteten sie ihr Nachtlager aus. Dann wärmten sie sich am Feuer, wobei sie immer wieder beunruhigte Blicke zur Leiche und zur Eingangstür warfen.

David: »Ich bin völlig am Ende, aber ich glaube, wir sollten Nachtwache halten.« Laura nickte.

Sie einigten sich darauf, dass David zuerst wachen würde, da er ohnehin zu aufgekratzt zum Schlafen wäre. Er starrte in die tanzenden Flammen, bis er in einen tranceartigen Zustand verfiel. Plötzlich schreckte er hoch. Was war das für ein Geräusch gewesen? Unsicher stand er auf und ging auf die Eingangstür zu. Sollte er draußen nachsehen? Als er noch so da stand, den Arm leicht zur Klinke erhoben, doch immer noch unschlüssig, öffnete sich die Tür ruckartig. Ein entsetzter Aufschrei entfuhr David, ehe er ihn unterdrücken konnte. In der Tür zeichnete sich eine nicht sonderlich große, aber sehr breite Silhouette ab. In der Linken hatte die Gestalt einen Kanister, in der Rechten eine Pistole. Diese richtete sie nun – gewarnt durch den Aufschrei – auf David, der ohne zu denken den Arm mit der Waffe ergriff und ihn nach oben drückte. Ein Schuss löste sich, dröhnte in Davids Ohren. Es dauerte einige Augenblicke, bis er begriff, dass ihn der Schuss getroffen hatte. Die linke Schulter schmerzte erbärmlich und er konnte mit diesem Arm nicht mehr viel Kraft aufbringen, kämpfte jedoch verzweifelt weiter. Die Gestalt schien sehr kräftig zu sein und rang ihn allmählich nieder. Die Pistole senkte sich bedrohlich in Davids Richtung.

Plötzlich ging ein Ruck durch die Gestalt, sie sackte nach vorne, sodass David ihren Schnapsatem wahrnehmen konnte. Etwas hatte sie am Hinterkopf getroffen. Beim zweiten Schlag sah David den Holzscheit kommen und wie es den Mann – denn auch das meinte er jetzt im Feuerschein zu erkennen – an der Schläfe erwischte. Jeglicher Widerstand erschlaffte, der Mann sackte in Davids Arme und dann zu Boden, wobei ein derart heftiger Schmerz durch Davids linke Seite fuhr, dass er schwarze Punkte vor seinen Augen tanzen sah.

»Oh scheiße! Scheiße, scheiße, scheiße!«

Laura schrie fast. Sie ließ den Holzscheit fallen. Der Mann rührte sich nicht.

Eine sinnvolle Reihenfolge in das Viele zu bringen, was zu tun war, fiel Laura in dieser Situation schwer. Sie handelte intuitiv und tat jeweils gerade das, was ihr als erstes in den Sinn kam. David stand so unter Schock, dass er für den Moment keinerlei Eigeninitiative aufbrachte. Laura versorgte seine Schulter mit dem Verbandsmaterial aus ihrem Rucksack. Dies machte sie sehr gründlich, wenn auch mäßig professionell. Für die Nacht würde es hoffentlich reichen. Dann sah sie nach dem Angreifer – er lebte, war aber nicht bei Bewusstsein. Laura wusste, dass David in seinem Rucksack ein etwa 15 Meter langes Stück eines ausgesonderten Kletterseils mitgeschleppt hatte. Dieses kramte sie nun hervor, legte es sich über die Schulter und begann, den Mann in eine aufrechte Sitzposition an einen der freistehenden Stützbalken zu hieven. Da er ein echter Brocken war, musste David mit der Rechten ebenfalls zupacken, so gut es eben ging. Er stolperte über die Pistole, die Laura dann vorsichtig und angewidert in eine Ecke des Raumes brachte. Anschließend fesselte sie den Mann so gut sie konnte an den Balken und band ihm Hände und Füße – ihre Kenntnisse von Kletter- und Seglerknoten halfen ungemein.

Als dies getan war, setzte sie erneut einen Notruf ab, um Polizei und Rettungskräfte über die veränderte Situation zu informieren. An das Gespräch erinnerte sie sich später kaum, nur daran, dass sie die Antwort aus der Rettungsleitstelle ungemein frustriert hatte. Sie würden nach wie vor bis zum Morgen warten müssen. So verständlich dies bei den Sicht- und Witterungsverhältnissen auch sein mochte, war es dennoch in ihrer Situation schwer hinzunehmen. Nachdem sie ihrer Frustration mit einem wütenden Aufschrei Luft verschafft hatte, kauerte sie sich neben David vor den Kamin, die Arme auf den angewinkelten Knien und den Kopf zwischen die Arme gesteckt.

Die beiden hatten nicht mal etwas gegessen, doch war ihnen auch ganz und gar nicht danach zumute. Irgendwie überstanden sie die Nacht. Der wenige unruhige Schlaf, der ihnen vergönnt war, brachte jedoch kaum Erholung.

Es konnte noch nicht lange hell sein, da hörten sie von draußen das lauter werdende Geräusch von Rotoren. Laura half David auf, der sich wie in Trance verhielt. Um sie selbst war es nicht viel besser bestellt. Sie hatte das Gefühl, zwischen ihr und der Außenwelt läge eine dicke Schicht Watte. Als sie hinter David

hinaus trat, sah sie einen Polizei- und einen Rettungshelikopter
auf einem freien Feld unweit der Hütte landen. Sogleich sprangen
Einsatzkräfte aus den Hubschraubern und liefen ihnen entgegen.
Zunächst wurde sich der Gesundheit Davids und des Mannes
angenommen, die beiden unter polizeilicher Begleitung in den
Rettungshubschrauber gebracht. Dann wurde der Tatort gesichert. Das bedeutete auch, dass sie auf ihr Gepäck vorerst würden
verzichten müssen. Zudem wurde Laura mit Fragen gelöchert,
die sie monoton und sachlich beantwortete. Es war, als wäre sie
gar nicht am selben Ort, als würde sie einer anderen Person aus
weiter Ferne zuhören. Dass die Befragung vorbei war und sie das
Gebiet endlich verlassen durfte, realisierte sie erst, als sie bereits
im Polizeihubschrauber saß. Es bereitete ihr Sorge, dass sie nicht
bei David sein konnte, doch würde das warten müssen.

Nach der Landung ging alles sehr schnell. Sie musste ein paar
Formalitäten abwickeln, dann wurde ihr freigestellt zu gehen.
Eine ausführlichere Befragung sollte erst in den kommenden Tagen beginnen. Von einer ruhigen, freundlichen Polizistin wurde
ihr eine Pension empfohlen und angeboten, sie mit einem Zivil-
fahrzeug dort hin zu bringen. Nach der Anmeldung dort machte
sie sich sogleich auf ins Krankenhaus. Die nächsten Tage verbrachte sie überwiegend an Davids Seite, machte zwischendurch
nur ein paar kleinere Erledigungen und nahm die Termine auf
der Polizeiwache wahr. In der Pension verbrachte sie lediglich
die Abende nach den Besuchszeiten, ging jedoch früh zu Bett.
Es wurde zu ihrer Erleichterung schnell klar, dass für David keine Lebensgefahr bestand und auch der von ihnen überwältigte
Angreifer überleben würde.

David würde noch eine Weile mit seiner Schulter zu tun haben,
doch mit etwas Glück keine bleibenden Schäden davon tragen.
Der Mord wurde als Resultat eines Streits zwischen Schmugglern
gewertet. Der Mörder sei zurückgekehrt, um seine Spuren zu
verwischen. Er hatte wohl die Hütte abfackeln wollen. Doch David
und Laura interessierten sich nur am Rande dafür. Sie wollten
einfach schnell wieder zur Normalität zurückkehren und hofften
in Zukunft auf weniger bedrohliche Abenteuer.

März

An wen auch immer die folgenden Zeilen geraten mögen: Ich bitte inständig darum, sie unvoreingenommen zu betrachten. Es fällt auch mir schwer, zu glauben, was sich in den letzten Tagen zugetragen hat, doch bin ich sicher, dass die erschütternden Ereignisse tatsächlich stattgefunden haben. Ich bin dafür bekannt, rational und faktenbasiert zu agieren. Doch harte Fakten können sich mit Gefühlen und Stimmungen vermischen, daher werde ich im Folgenden versuchen, ein möglichst vollständiges Bild zu vermitteln. Ich beginne meinen Bericht unmittelbar mit Erreichen jenes abgelegenen Bergsees. Hintergründe und genaue Angaben sind meinen Aufzeichnungen zum Fall Bärtel zu entnehmen.

Im tiefblauen Wasser des Sees spiegelten sich die ihn umrahmenden Berge. Die Sonne stand hoch am Himmel, über den lediglich vereinzelt kleine Wolken zogen. Die Luft war erfrischend und kalt in den Atemwegen. Bald würde ich etwas Licht auf die Umstände von Victor Bärtels Verschwinden werfen können. Er war nicht leicht aufzuspüren gewesen, er wollte nicht gefunden werden. Doch es war mein Job, Informationen zu beschaffen und Dinge zu finden – und ich war gut in meinem Job. So erfuhr ich, dass er vor nun schon drei Wochen zu der kleinen Hütte in den Bergen aufgebrochen war, die idyllisch am Ufer des Sees lag. Ich vermutete, dass er Gras über die Sache wachsen lassen wollte, bevor er sich wieder blicken ließe. Aber er hatte die Rechnung ohne mich gemacht.

Ich näherte mich dem Holzhaus. Die Fensterläden waren verschlossen, doch ich ging auf Nummer sicher und blieb außerhalb des Sichtfeldes. Die nähere Umgebung hatte ich bereits untersucht - Victor war in dieser Hütte oder ein gehöriges Stück weg von ihr. Das kühle Metall der Glock 17 in meiner Hand gab mir zusätzliche Sicherheit, als ich mich vorsichtig der Hütte näherte. Victor galt als gefährlicher Mann – was mich anbelangte, so hielt ich jeden Menschen für potenziell gefährlich. Sicher war er keiner dieser einfach gestrickten Gewaltmenschen, sondern jemand der mit Bedacht agierte, von komplexeren Motiven getrieben und somit schwieriger zu durchschauen.

Ich erreichte die Hütte, bewegte mich an ihrer Wand entlang zu einem der Fenster und versuchte, durch einen Spalt im Laden ins Innere zu spähen. Es brannte kein Licht und so ließ sich nichts weiter ausmachen. Gebückt passierte ich das Fenster, um mich nicht frühzeitig anzukündigen und begab mich zu der dem See zugewandten Seite, an der das Haus etwas erhöht stand und eine kleine Treppe auf eine vorgelagerte hölzernde Veranda führte. Ich musste es wagen, mich über das tückische Holz zu schleichen, um die Eingangstür zu erreichen. Das Holz blieb gnädig und ich hielt einen Augenblick inne, um meine Optionen zu erwägen. Sollte Victor nicht hier sein, wäre es das Beste, das Schloss zu knacken, um keine offensichtlichen Spuren zu hinterlassen. Sollte er sich jedoch im Inneren aufhalten, wäre die Gefahr groß, dass er mich hörte und ich somit das Überaschungsmoment verspielen und in eine Falle tappen würde. Also war wohl die gewaltsame, schnelle Variante angebracht. Um sicher zu gehen und auch, um zu wissen, wo mein Tritt ansetzen musste, prüfte ich das Schloss und stellte überrascht fest, dass es mir leicht gemacht wurde. Durch das stete Spiel der Witterung hatte sich der Rahmen leicht verzogen, sodass ich nicht nur leicht den Schließmechanismus erkennen konnte, sondern auch, dass nicht abgeschlossen war.

Mit einem Ruck riss ich die Tür auf, blieb dabei im Schutz der Wand und zielte in das Innere. Trotz der ungünstigen Lichtverhältnisse wurde schnell klar, dass Victor nicht hier war – es gab auch nichts, was sich bei der kargen Einrichtung als Versteck geeignet hätte. Lediglich ein Bett, einen Schrank und einen Schreibtisch mit einem einfachen Holzstuhl davor. Doch der Wanderrucksack, der am Bett lehnte, und die auf dem Tisch ausgebreiteten Unterlagen versprachen aufschlussreich zu sein – der Schrank enthielt lediglich Konserven. Ich entzündete die Öllampe auf dem Schreibtisch, die als einzige spärliche Beleuchtung des Raumes herhalten musste, dann verschloss ich die Tür und stellte den Stuhl davor, um rechtzeitig vor Neuankömmlingen oder vielmehr dem wiederkehrenden Victor gewarnt zu werden und machte mich ans Werk.

Eine Durchsuchung des Rucksacks bestätigte, dass Victor auf einen längeren Aufenthalt vorbereitet war, zudem förderte sie zwei Päckchen Munition des Kalibers .500 zutage, was wiederum Bände sprach: Victor hatte doch ein Faible fürs Grobe und fühlte sich gerne wie ein Cowboy – oder er hatte einfach keine Ahnung –, denn die Munition gehörte zu einem ziemlich klobigen Revolver mit nur fünf Kammern in der Trommel. Trotz der taktischen Unsinnigkeit dieser Waffe wollte ich ungern von solch einem Kaliber durchlöchert werden, musste also noch mehr auf der Hut sein. Was mich aber wirklich verunsicherte, waren die Unterlagen auf dem Schreibtisch. Zahlreiche Fotografien von Skizzen und Textstellen aus ziemlich mitgenommen wirkenden Büchern – allesamt handschriftlich, doch voller merkwürdiger Zeichen und ganzer Passagen in einer Schrift, die ich noch nie zuvor gesehen hatte. Auf einigen der Fotografien waren Ergänzungen in Rotstift vorgenommen worden. Übersetzungen? Es schienen vornehmlich Ortsangaben zu sein. Manche der Orte waren mir auf meiner Suche nach Victor begegnet, doch es war mir unklar geblieben, was er dort gemacht hatte.

Da fiel mein Blick auf eine der größeren Fotografien. Darauf waren zahlreiche rätselhafte Linien und geometrische Konstruktionen, doch wenn ich mir diese wegdachte, sah es verdammt nochmal nach einem Lageplan aus und zwar nach einem, der einfach zu gut auf diesen Ort passte, als dass es ein Zufall sein konnte. Der See schien im Fokus der rätselhaften Markierungen zu stehen. Unter einer Reihe Zeichen stand in Rot: »Das Tor spiegelt die Wolken, die Sterne, den Mond. Der Ertrinkende ist der Schlüssel.« Was sollte das heißen? Ein Tor? Aber wohin? Wie konnte ein Ertrinkender ein Schlüssel sein?

Ich suchte weiter. Zumindest eine Antwort fand ich. Der Ertrinkende diente als Bezeichnung für eine gewisse Sternkonstellation. Und besser noch: Victor hatte mir die Arbeit bereits abgenommen und die Konstellation, einige weitere Hinweise und die Markierungen auf der Karte überein gebracht. Daraus resultierte eine genaue Position am Rande des Sees. Dort musste irgendetwas verborgen sein und ich war sicher, dass ich Victor entweder dort oder auf dem Weg dorthin begegnen würde. Wenn er bereits hätte, was er suchte, wäre er sicher wieder auf dem Weg zur Hütte.

Ich beschloss, nachzusehen. Auf dem Weg achtete ich darauf, mich nach Möglichkeit im Verborgenen zu bewegen, wodurch sich jedoch mein Vorankommen verlangsamte. Die Sonne verschwand bereits hinter den Bergen, als ich mich dem Ziel näherte. Von Victor keine Spur. Ich umrundete das Gebiet, um nicht in eine Falle zu tappen, dann suchte ich die angegebene Position auf. Wo zur Hölle war Victor? Und was hatte es mit diesem Ort auf sich? Ich fand nichts, nicht einmal Hinweise darauf, dass etwas hier gewesen war. Jemand, ja. Und ich hatte einen starken Verdacht, um wen es sich dabei handelte.

Ich erinnerte mich an den Hinweis. Das Spiegeln konnte auf die Wasseroberfläche hindeuten. Vermutlich war etwas im See versteckt. Ich kniete mich ans Ufer und blickte in das klare Wasser, steckte schließlich meinen Kopf in das eisige Nass, um besser sehen zu können. Wenn etwas hier gewesen war, hatte Victor es sich wohl schon geholt – oder jemand anderes. Ich setzte mich zurück, trocknete meine Haare notdürftig an der Kleidung und ruhte mich einen Moment aus. Der Hinweis ging mir weiter durch den Kopf. Da war doch noch etwas: »Das Tor spiegelt die Wolken, die Sterne, den Mond.« Das deutete auf die Nacht hin, doch konnte ich mir nicht vorstellen, dass die Tageszeit irgendeinen Einfluss auf das Versteck haben sollte. Andererseits würde es bald dunkel werden und diese Nacht ohnehin verdammt ungemütlich. Ein paar Stunden mehr oder weniger machten da keinen Unterschied, so dachte ich. Im Nachhinein wundere ich mich, dass ich nicht gleich aufbrach, um weiter nach Victor zu suchen, ehe die Spur kalt würde.

Zunächst kam ich mir auch ein wenig albern vor, dort auszuharren, doch dann ergriff meine Fantasie immer mehr Besitz von meinem Denken. Die lange Suche, die seltsamen Hinweise – das alles hatte schon etwas sehr Mystisches an sich. Und dort allein in der werdenden Dunkelheit zu sitzen machte die Sache nicht besser. Die Geräusche der Natur wirkten laut und bedrohlich.

Ich stand auf, um mir die Beine zu vertreten, ging ein paar Schritte auf und ab und trat dann an das Seeufer. Inzwischen waren dem aufgehenden Sichelmond auch die Sterne gefolgt. Einige von ihnen erschienen mir besonders klar sichtbar und als mir bewusst wurde, dass diese sich mit dem Bild des Ertrinkenden deckten, durchlief mich in der ohnehin kalten Nacht ein eisiger Schauer. Ich senkte den Blick unwillkürlich auf die Wasseroberfläche. Da meinte ich zwischen den Umrissen des gespiegelten Sternbildes etwas zu erkennen – ein Leuchten, ein Tor, einen Weg?

Ich spürte eine Angst in mir aufsteigen, wie ich sie noch nie zuvor gespürt hatte, wollte wegrennen, doch fühlte mich wie unter einem Bann. Schweißperlen standen mir auf der Stirn und wie eine Motte zum Licht, zog es mich zur Wasseroberfläche. Zwei, drei langsame Schritte und ich stand wider Willen direkt an der Wasserkante. Noch ein Schritt und dann schlug alles über mir zusammen.

Ich sah mich selbst in unendliche dunkle Tiefe sinken, die letzten Perlen kostbarer Atemluft zum kleiner werdenden Licht über mir streben. Dann zerriss dieses Bild wie plötzlich fortgetriebene Nebelschwaden. Ich konnte wieder atmen, doch wünschte ich fast, es nicht zu können. Was sich mir darbot, war so grauenerre-

gend und ekelhaft, dass es die Galle in mir hochtrieb und sich der
Geschmack von Erbrochenem zu den Gerüchen von Fäulnis und
Verwesung mischte. Meine Kleidung war triefend nass, ich zit-
terte und meine Lungen schmerzten. Sonst deutete nichts mehr
darauf hin, dass ich gerade fast ertrunken wäre. Ich war, so schien
es, in eine fremdartige, feindseelige Welt geraten. Der Boden war
aus einem schwarzen, feucht-glänzenden Material und breitete
sich wie etwas Lebendiges in alle Richtungen und Dimensionen
aus. Unsere Wahrnehmung ist nicht für so einen Ort gemacht.
Auch unsere Sprache versagt, ihn zu beschreiben. Ich war auf die
Knie gesackt und stützte mich würgend mit den Händen vom Boden ab. Sie sanken etwas in die glitschige Oberfläche ein. Als ich
mich schwankend aufrichtete, wischte ich mir klebrigen Schleim
am Mantel ab. Wo auch immer ich hinein geraten war, ich wollte
nichts als weg. Immer wieder sah ich um mich herum widerwär-
tigste sich windende Formen, doch sie entzogen sich genauerer
Betrachtung und schienen vom einen auf den nächsten Moment
zu verschwinden, um sich an anderer Stelle neu zu formen. Als
ich mich umsah, stellte ich fest, dass sich in alle Richtungen das
gleiche Bild bot. Ein Ende war nicht in Sicht. Und über allem
lag fühlbar eine alte, unheimlich mächtige Präsenz, die mich zu
erdrücken drohte. Einen Ausweg sah ich nicht.

Länger hielt ich es an diesem Fleck nicht aus, also setzte ich
mich vorsichtig in Bewegung, auch wenn die Vorstellung, noch
mehr von diesem Ort zu ergründen, mir kalten Schweiß auf die
Stirn trieb. Zur Beruhigung zog ich wieder meine Glock, auch
wenn ich Zweifel hatte, dass sie mir gegen das, was hier lauerte, von Nutzen sein würde. Ich bemühte mich um einen steten,
ruhigen Schritt und versuchte, das schmatzende Geräusch beim
Heben meiner Füße und das klebrige Gefühl so gut es ging zu
ignorieren. Es war, als würde der Boden meine Füße nur widerwillig wieder freigeben und beim nächsten Absetzen um so fester zu
umschließen suchen. Immer wieder drang etwas aus dem Augen-
winkel an mein Bewusstsein, etwas Wichtiges, etwas, das meinen
Instinkt weckte, doch wenn ich danach sah, war es verschwunden.
Ich wusste, dass ich mich sonst auf meine Sinne verlassen konnte.
Dass hier so mit ihnen gespielt wurde, machte mich wahnsinnig.
Ohne Ziel vor Augen ging ich weiter durch diese Landschaft, für
die das Wort Sumpf nicht passen wollte, doch für die ich kein
besseres finden konnte – auch das Wort Landschaft schien mir
überaus unpassend.

Im nächsten Augenblick war meine Umgebung völlig verän-

dert, auch wenn das die Sache um keinen Deut besser machte. Ich
stand plötzlich in einer Art großer Säulenhalle, nur dass die Säulen zu wanken oder wabern schienen und gelegentlich verzerrte
gequälte Fratzen schemenhaft auf ihnen sichtbar wurden. Von
der Decke tropften große gallertartige Klumpen, die auf dem Boden zerplatzten und dabei einen überwältigenden Fäulnisgestank
freisetzten. Und im Zentrum des Ganzen Victor – oder etwas, das
mal Victor gewesen war. Fette, schwarze Wurzeln ragten aus
dem Boden empor, türmten diesen zu einem gigantischen Thron
auf. Sie wanden sich wie Schlangen, zuckten und schnappten
gelegentlich nach etwas, das ich nicht näher ausmachen konnte.
Victor war in diesen Thron eingewachsen, schien zugleich größer
geworden, viel größer, und aus seinen Augenhöhlen und seinem
Mund wanden sich ebenfalls die Spitzen dieser suchenden tastenden Wurzeln. Ich dachte, ich wäre bei meinem plötzlichen
Eindringen in diese Verhöhnung einer Halle wie angewurzelt
stehengeblieben, doch nun war ich auf gut zwanzig Schritte an
den Thron heran. Da durchfuhr meinen Kopf ein Schmerz, dass
ich dachte, mein Schädel würde wahrhaftig in tausend Teile zer-
springen, und mit dem Schmerz kam diese Stimme, direkt in
meinen Gedanken, die zugleich wühlend und tastend in die priva-
testen Winkel meines Selbst vordrang: »Du hast mich also endlich
gefunden.« Dies begleitete Victor mit langsamem beiläufigem
Klatschen, das von den Wänden in unnatürlicher Weise widerhall-
te. »Es ist gut, dass du da bist, denn auch du wirst noch gebraucht.
Leider kann dir keine ganz so erhabene Rolle wie mir zufallen,
doch ich denke, dass du entzückt sein wirst, zu erfahren, dass
dich deine Aufgabe zurück nach Hause bringen wird. Du willst
doch zurück nach Hause?«

Ich brachte nur ein trockenes Würgen zustande, doch war eine
Antwort ohnehin unnötig. Ich wollte einfach nur, dass es aufhör-
te, doch irgendwo war noch ein Funke Hoffnung, hier wieder
lebend heraus zu kommen. Anstatt mir selbst eine Kugel zu verpassen, entleerte ich mein gesamtes Magazin auf das widerliche
Victorwesen. Zäher schwarzer Schleim rann träge aus den sieb-
zehn Einschusslöchern in Victors Oberkörper. Mit gelangweilter
Geste setzte er erneut an, mit dieser grauenhaften inneren Stimme mein Gehirn zu malträtieren: »Na, na, na. Wer wird denn da
gleich handgreiflich werden? Ich finde das überaus unhöflich.
Gerade, da ich dir so ein entgegenkommendes Angebot unterbrei-
te. Wie dem auch sei, gewöhnlich würde ich sagen, der einzige
Haken ist, dass du all jene verraten musst, die dir lieb und teuer

sind. Aber in deinem Fall, glaube ich, gibt es so jemanden ohnehin nicht. Wann gibt es sowas schon? Ein Angebot ohne den geringsten Haken. Nicht, dass du eine Wahl hättest. Ich sorge schon dafür, dass du das tust, was nötig ist. Also komm.« Und damit war er plötzlich über mir, verschlang mich, während diese widerlichen Wurzeln von überall in mich eindrangen. Ich schrie.

Klitschnass lag ich am Ufer des Sees und schrie noch immer, während die Kälte allgegenwärtig war. Irgendwann hatte ich keine Kraft mehr zu schreien und verstummte. Zurück blieb eine schmerzend rauhe Kehle und der Geschmack von Erbrochenem. Es kam mir vor wie eine Ewigkeit, die ich so da lag, gelähmt von der Kälte. Irgendwann rappelte ich mich auf mit dem dringenden Bedürfnis, meinen Mund auszuspülen und etwas zu trinken, doch wagte ich mich nicht an das Wasser dieses verfluchten Sees. So brach ich auf, legte den stundenlangen Marsch in die nächste Ortschaft zurück, fühlte mich elend, fand eine Absteige, die heruntergekommen genug war, mich um diese Uhrzeit mit einem scharfen Schnaps den Geschmack des Erlebten herunterspülen zu lassen, ohne mich zu vielen Fragen auszusetzen. Als ich dort auf meinem Zimmer in einen unruhigen fiebrigen Schlaf fiel, kamen Bruchstücke dieser albtraumhaften anderen Welt wieder – gepaart mit Bildern von den abscheulichen Dingen, die ich zu tun hatte. Ich wusste, dass ich mich nicht dagegen wehren können würde. Am nächsten Tag brach ich schnellstmöglich auf, um noch ein letztes Mal mein Zuhause zu sehen. Mein Beschluss stand fest.

So sitze ich nun hier und habe meine Erlebnisse niedergeschrieben. Ich fürchte, dass mir niemand Glauben schenken wird, doch hoffe ich, diesen Worten zumindest etwas Nachdruck zu verleihen, wenn mein lebloser Körper über ihnen baumelt. Ich möchte nicht sterben, aber es ist die einzige Möglichkeit, den grauenhaften Taten zu entkommen, die für mich vorgesehen sind. Ich weiß nicht, wie lange ich damit das Übel aus dem See aufhalten kann. Vielleicht hilft dieser Aufschub, etwas zum Guten zu wenden. Lebewohl.

gez. *Lisa Bünger*

April

Heute war *sein* Tag, der Tag an dem Spaßen und Scherzen in Ehren gehalten wurde. Der Tag *seiner* Verbannung, doch gleichzeitig einer, an dem *Es* wieder mehr von *seiner* Macht spielen lassen konnte.

Es war der feinen Gesellschaft da oben zu ungezogen gewesen. Ja sicher, einige *seiner* Scherze waren sehr derbe gewesen und gelegentlich etwas über das Ziel hinaus geschossen. Doch insgesamt hatte *Es* den drögen Lauf der Dinge deutlich auflockern können und fast allen hatte *Es* wenigstens hin und wieder ein Lächeln in die sonst ernsten Mienen gezaubert. Nur war das eben nicht erwünscht. Eine ganz tolle Lösung war es da von IHM gewesen, *Es* einfach vor die Tür zu setzen wie eine ungezogene Töle. Und statt irgendwann Vergebung zu erhalten, dauerte *seine* Verbannung nun schon Äonen.

Es war auch nicht einfach vor die Tür gesetzt worden. Nein, denn dann hätte *Es* ja mit SEINEM Spielzeug spielen können. ER wollte die Menschen klein halten, unwissend und 'unverdorben' – pah! Wieso verwehrte ER ihnen all das Wissen, mit dem sie ihr Leid lindern und sich über ihre körperlichen Gebrechen erheben könnten?

Trotz der Schmach, die *Es* vor so langer Zeit erlitten hatte, freute *Es* sich auf diesen Tag, an dem sich *seine* Verbannung jährte. *Es* wollte sich nicht geschlagen geben und Trübsal blasen. Nein, *Es* wollte das, was *Es* selbst im Kern ausmachte, hochhalten und zelebrieren. *Es* wollte dies ausleben, so gut *Es* konnte. Und heute ging das um so besser, da wieder 1000 Jahre vergangen waren und somit *seine* Fesseln besonders locker sein würden. *Es* lächelte.

Der Himmel war *ihm* nach wie vor unerreichbar. Dort würde *Es* nicht einmal mit einem Hauch *seiner* Präsenz eindringen können. Schade, denn *Es* hätte gerne mit ein paar alten Freunden gesprochen – jenen, die sich nicht getraut hatten, *ihm* zu folgen. *Es* würde sie gerne fragen, warum sie dieses einfache Leben des Buckelns und Spurens dem – zugegeben steinigen – Weg echter Willensfreiheit vorzogen.

Doch kein Grund zur Traurigkeit. Heute würde *Es* die Menschen erreichen können. Ja, sie waren oft sehr engstirnig und festgefahren. Aber es war auch unterhaltsam, wenn sie beispielsweise *ihm* und den anderen Engeln Geschlechter andichteten. *Es* lachte darüber, wie wenig sie außerhalb ihrer Kategorisierungen zu denken vermochten. Und sie lagen *ihm* nunmal besonders am Herzen. Sie waren Verbannte, genau wie *Es*. Wie *Es* waren sie ungezogen gewesen. Nur was war so schlimm an dem, was sie getan hatten? Hatte der Große Häuptling etwa Angst vor Konkurrenz? SEINE Herrschaft begründete sich auf SEINEM Wissensvorsprung und der Folgsamkeit aller anderen. Tanzte jemand aus der Reihe oder strebte gar nach Erkenntnis (jenseits der von IHM vorgeworfenen Häppchen), folgte unmittelbare Bestrafung. Fürchtete ER wirklich so sehr um SEINE Alleinherrschaft?

Heute würde *Es* den Menschen Geschenke machen. *Es* würde ihnen Chaos bringen, um sie aus ihren festgefahrenen Bahnen zu werfen – eine Notwendigkeit, um ihr Denken und ihre Kreativität zu entflammen. Ja, *Es* würde *seine* Späße mit ihnen treiben. Sie sollten lachen, um die Beschwerlichkeit ihrer Existenz für eine Weile zu vergessen und so zu sehen, dass es auch anders sein konnte. Ja, manchmal würde auch nur *Es* lachen.

Und dann würde *Es* Wissen streuen, Neugierde wecken, den Erkenntnisdrang kitzeln. Wissen war schließlich nicht wie ein Apfel, den man konsumierte, sondern Wissen war untrennbar mit Interesse, Begeisterung und dem Willen, es sich zu erarbeiten, verbunden. Dies schürte *Es* nun schon seit Jahrtausenden. Es war *ihm* eine Freude, die Früchte *seiner* Arbeit sehen zu können. Viele Menschen hatten schon eine gewisse Eigenständigkeit erlangt, sodass *seine* Arbeit jenseits dieses einen Tages von ihnen fortgeführt wurde; sie mit ihren Erkenntnissen das Leiden und die Unwissenheit linderten. Doch viele standen noch ganz am Anfang oder verwehrten sich gar der von ihnen gefürchteten Veränderung. Diese mussten wachgerüttelt werden.

Also los. *Es* hatte 24 Stunden, in denen *Es* eine Menge erreichen konnte und die *Es* nutzen wollte, bevor *Es* wieder gezwungen war, sich in Geduld zu üben. Geduld war nicht *seine* Stärke. Das Warten machte *Es* rasend und *Es* musste sich zügeln, um es dann, wenn es so weit war, nicht zu übertreiben und in *seinem* Ungestüm Schaden anzurichten.

Nun gut, an die Arbeit...

Dieser verfluchte Kojote! Seit Tagen schon hungere ich und habe heute früh die letzten spärlichen Reste meines Proviants verzehrt. Und jetzt klaut mir dieses Mistvieh die Wurzeln, die ich mühsam ausgegraben habe und gerade im Feuer zubereiten wollte! Diese Nacht werde ich wohl noch hungriger verbringen müssen als die letzte. Hoffentlich lässt mich dieses dämliche Biest in Frieden – zu holen gibt es bei mir schließlich nichts mehr.

Am nächsten Morgen erwache ich mit krampfendem Magen. Unsicher sehe ich mich in der Umgebung nach etwas Essbarem um. Vielleicht kann ich erneut irgendwo Wurzeln oder Knollen ausgraben. Da sehe ich die Spur des Kojoten, der mir gestern so übel mitgespielt hat. Die Neugier packt mich und ich nehme die Spur auf. Sie ist erstaunlich leicht zu verfolgen, zumal ich mich nicht für eine große Fährtenleserin halte. Die Spur endet nahe einer kleinen Quelle. Einige Schritte davon entfernt liegt das Tier regungslos. Ich nähere mich vorsichtig, doch es rührt sich nicht. Als ich mich über es beuge, ahne ich bereits, dass es tot ist. Nach näherer Untersuchung stelle ich fest, dass es keine sichtbaren Verletzungen trägt und sich wohl mehrfach übergeben hat. Da wird mir klar, dass es mir das Leben gerettet hat. Trauer erfasst mich, dass es den Kojoten erwischt hat – gemischt mit einem diffusen Gefühl der Schuld. Es mag keine Absicht gewesen sein, doch ich werde es ihm nie vergessen. Als ich an der Quelle meinen Durst stille und meine fast leere Trinkflasche fülle, bemerke ich ein Glitzern im Wasser. Ich greife hinein und hole zu meiner Überraschung einen Kompass hervor. Das Messing ist bereits angelaufen, doch scheint er noch funktionstüchtig. Da wird mir bewusst, dass ich seit Tagen zu weit südlich laufe. Ich kann meinen Kurs korrigieren und es so hoffentlich zurück schaffen. Noch ahne ich nicht, welch bahnbrechenden archäologischen Fund ich machen werde.

Der letzte Tag vor dem Urlaub. Alexander Fleming hat noch einiges zu erledigen. Fast wünscht er, er könne den Urlaub verschieben. Gerade will er die Petrischalen mit den Staphylokokkenkulturen in den Kühlschrank räumen, da hört er ein Pochen am Fenster. Irritiert sieht er nach und entdeckt einen Raben, der dreist mit seinem Schnabel gegen die Scheibe schlägt. Erbost öffnet Fleming das Fenster und scheucht den Vogel davon, der noch eine Weile mit ihm sein Spiel treibt und, wie um ihn zu necken, immer wieder aufs Neue mit lauten Kraa-Rufen heranfliegt, um sich dann wieder vertreiben zu lassen. Irgendwann zieht der Rabe ab, als habe er das Interesse verloren. Fleming schließt das Fenster und atmet tief durch, um sich zu sammeln. Dann macht er sich wieder an die Arbeit. Es gibt viel zu tun. Doch die Petrischalen hat er gänzlich vergessen. Seiner Entdeckung des Penicillins steht nichts mehr im Wege.

Neuer Vorsitzender des Mbeya Medical Research Center

Mbeya, Tansania. *Nach fast drei Wochen interner Verhandlungen ernannte das Mbeya Medical Research Center zum gestrigen Tage Barnabas L. Ognom als neuen Vorsitzenden. Ognom, der für seine progressive Einstellung bekannt ist, sorgte in der Vergangenheit mehrfach für Schlagzeilen. Es war wiederholt zu Konflikten mit der bisherigen Leitung und Verstößen gegen Richtlinien der Forschungseinrichtung gekommen.*

Ognom wird sein neues Amt zum 21.4. offiziell antreten. Als erste Amtshandlung kündigte er die Gründung eines nationalen Labors für Tuberkuloseforschung an.

Der bisherige Vorsitzende Leon Kirya war unter dubiosen Umständen ums Leben gekommen. Die Gerichtsmedizin ließ vergangenen Freitag in einer Pressemitteilung verlauten, dass sein Tod durch zahlreiche Bisse von Vogelspinnen der Art Pterinochilus murinus *verursacht worden sei. Der Giftbiss dieser Spinnenart gilt als äußerst schmerzhaft und kann starke Schwellungen verursachen, wird aber als weitgehend harmlos eingestuft. Dem gerichtsmedizinischen Bericht zufolge führte in Kiryas Fall die Häufung der Bisse, alle von verschiedenen Exemplaren der Art, zum Herzstillstand. Eine solche Häufung gelte jedoch, trotz der stark ausgeprägten Aggressivität von* Pterinochilus murinus, *als höchst unwahrscheinlich. Vergleichbare Fälle seien nicht bekannt. Die Staatsanwaltschaft schließt Mord zum jetzigen Zeitpunkt nicht aus. Die Ermittlungen laufen.*

Es lächelte. War das wieder ein Spaß gewesen!

Nun würde *Es* wieder langsamer vorgehen müssen, doch auch, wenn das Warten *Es* oft zur Weißglut brachte, hatte es einen gewissen Reiz. So streute *Es* kleine Hinweise und regte die Menschen hier und da an, in eine bestimmte Richtung zu denken. *Luzifer* freute sich schon höllisch auf die Umsetzung *seines* Plans mit der Atombombe.

Mai

Arlo hielt in seinem Schritt inne. Er war die steilen und steinigen Wege hier gewohnt, doch hatte er keine Eile und das Terrain verlangte auch den Fittesten einiges ab. Er wischte sich mit dem Ärmel seiner leichten Leinenjacke den Schweiß von der Stirn. Die Sonne Südspaniens hatte trotz des Windes und der frühen Stunde bereits einige Kraft. Seit über 50 Jahren kam er hier fast täglich hinauf. Und bereits davor, als kleiner Junge, hatte er gelegentlich seinen Vater begleitet. Das Bimmeln der Glocken und das Blöken seiner Ziegen waren ihm zu vertrauten Begleitern geworden. Sein treuer Helfer Rayo rannte aufgeregt und laut hechelnd an ihm vorbei. Da setzte sich Arlo ebenfalls wieder in Bewegung. Der Himmel war von vereinzelten Wolken durchzogen, die gelegentlich angenehmen Schatten spendeten. Es hätte ein Tag werden sollen wie unzählige zuvor. Doch heute war etwas anders.

Er hatte am Morgen in der Zeitung gelesen, dass die Passstraße, über die sein üblicher Weg weiter hoch in die Berge für ein kleines Stück verlief, durch einen großen Felsausbruch unpassierbar geworden war. Der Zeitung hatte er nicht entnehmen können, ob dies sein Stück des Weges betreffen würde, doch als er mit seiner Herde das Ende des gewundenen Schotterwegs erreichte, sah er zu seiner Linken bereits einen riesigen Felsbrocken; rechts direkt an den Hang anschließend und bis weit auf die linke Straßenseite ragend. Arlo wusste, dass so etwas nicht ungewöhnlich war, doch wirklich verstehen wollte er nicht, wie solch massives Gestein nach tausenden von Jahren plötzlich herunterbrechen konnte. Als sei das noch nicht genug, war – vermutlich durch die Erschütterung – der Hang unterhalb der Straße abgerutscht und hatte einen guten Teil der linken Fahrbahn mit herabgerissen. Da dort nicht an ein Durchkommen zu denken war, schlug Arlo eine andere Richtung ein und führte seine Herde zunächst rechts herab. So würden sie länger auf der Straße bleiben müssen, doch würde hier heute ohnehin nicht viel Verkehr sein. Und den steileren, beschwerlicheren Weg in diesem Teil der Berge würde er schon verkraften.

Endlich war der Aufstieg geschafft. Arlo atmete schwer. Doch lästiger als die körperliche Anstrengung war der schlecht gepflegte Pfad gewesen, auf dem Arlo mehrfach ins Rutschen geraten war. Blessuren hatte er keine davongetragen, doch seine Kleidung war staubig geworden. Manchmal wünschte er sich, ebenfalls Ziegenbeine zu haben. Nach einigen Zügen aus seiner Trinkflasche – selbst in dieser noch recht milden Jahreszeit hatte er stets mehrere dabei, um über den Tag hinweg versorgt zu sein – ging es weiter. Vor ihm lag ein breites Hochtal zwischen zwei Berggipfeln. Dort würden seine Ziegen reichlich Futter finden und er sich ausruhen und den Tag genießen können. Rayo würde sich schon darum kümmern, dass sie sich nicht zu weit entfernten.

Als er dem nun wieder gangbareren Weg in das Tal hinein folgte, bemerkte er vereinzelt behauene Steine, die verstreut abseits des Weges aus dem Gestrüpp ragten. Zunächst war dies nichts Ungewöhnliches, da sich in dieser Gegend immer wieder mal Überreste verlassener Hütten fanden, die sich im Laufe der Jahre die Natur zurück eroberte. Doch je weiter er in das Tal kam, desto mehr Steine und erkennbare Mauerreste fand er. Als ob hier früher mal eine ganze Siedlung oder irgendeine Form von Anlage gestanden hätte, von der er nie etwas gehört hatte.

Nach einer Weile schlängelte sich ein kleiner Trampelpfad an der Seite des Tales empor. Eigentlich reichte es Arlo für heute mit Aufstiegen, doch irgendetwas ergriff ihn. Er schob es auf seine Neugier, doch hatte er fast den Eindruck, dass dieser plötzliche Antrieb von außen kam.

Der Weg führte zwischen Ruinen gemächlich nach oben und in ein kleines Seitental. Seine Ziegen liefen zwischen den alten Gemäuern umher und fraßen unbekümmert, was sie dort fanden. Immer weiter trieb es Arlo, als wüsste er genau, wo er hin wollte. Vor ihm schloss sich das Seitental. Es ging über Terassen nach oben. Der Weg durchbrach die etwa einen Meter hohen Stufen in gut überwindbarer Steigung. Es war erkennbar, dass hier vor langer Zeit einmal Treppen im Fels gewesen waren. Auf den oberen Terassen ragten Säulen und Torbögen empor. Auch an ihnen hatte der Zahn der Zeit genagt. Es ließ sich nicht mehr erkennen, um was für ein Bauwerk es sich einmal gehandelt hatte – vielleicht eine Art Tempel? Was auch immer es gewesen sein mag, er wollte es sich unbedingt aus der Nähe ansehen, wollte durch die Torbögen schreiten und zwischen den alten Mauern wandeln.

Er hatte einen von Säulen umringten Platz erreicht, dessen Pflaster noch weitgehend intakt war. Im hinteren Teil stand mittig ein großes Podest, wie ein Altar. Jetzt merkte er mit einem Mal, wie müde ihn die Anstrengung des Aufstiegs gemacht hatte. Es würde sicher nicht schaden, wenn er sich hier im Schatten an eine der Säulen setzte und ein wenig die Augen schlösse. Seine

Ziegen konnten sich ebensogut hier ihr Fressen suchen und Rayo würde schon auf sie acht geben. Bald glitt Arlo in einen tiefen Schlaf.

Etwas lockte ihn. Er schritt durch Säulenhallen über spiegelnde Marmorböden immer tiefer in das Heiligtum. Das riesige Portal am Ende der langen Halle öffnete sich für ihn und ein breiter, sauber gearbeiteter Gang führte tief in den Berg hinein, sanft absteigend und immer wieder von Treppen durchzogen, die über die gesamte Breite des Ganges reichten. Obwohl er keinerlei Lichtquelle sah, herrschte ein diffuses Dämmerlicht. Er stieg nun schon eine ganze Weile immer tiefer in den Berg hinab, vielleicht schon Stunden. Irgendetwas rief ihn, obgleich er nichts hören konnte. Der Ruf wurde im Laufe der Zeit immer eindringlicher. Wäre er auf die Idee gekommen, umzukehren, hätte er es nicht vermocht. Er wollte diesen Weg hinab, musste es, dachte gar nicht darüber nach, so wie er auch nicht darüber nachdenken musste, zu atmen. Jegliches Zeitgefühl war ihm abhanden gekommen. Er könnte nun ebensogut schon Tage, Wochen oder Monate in diesem monotonen Gang Treppe um Treppe in die Tiefe steigen.

Irgendwann – er glaubte schon lange nicht mehr daran, dass er jemals wieder etwas anderes als diesen Gang, diese Stufen und dieses schummrige Licht sehen würde – erreichte er eine riesige Halle. Auch diese war von dem seltsamen Leuchten durchzogen, doch eher wie Nebelschwaden – oder war es die Dunkelheit, die durch den Raum waberte? Er konnte nicht einmal mit Sicherheit sagen, dass es sich um eine Halle handelte, er nahm dies lediglich an. Wände sah er jedoch keine. Die ganze Halle – er wollte es weiter so nennen, auch um sich nicht noch unsicherer und deplatzierter zu fühlen – war von einer Präsenz erfüllt. Es war schwierig, sie mit Worten zu fassen. Das Wort 'uralt' konnte das Alter der Präsenz nur ungenügend beschreiben, 'mächtig' schien ebenso unzureichend und 'bedrohlich' erreichte nicht annähernd dieses schwer greifbare Gefühl der Bedrückung, das Arlo am ehesten mit Ertrinken gleichsetzen würde. Vielleicht waren auch die Halle und diese zugleich abstoßende und faszinierende Präsenz eins. Sie war so allgegenwärtig, dass Arlo sich von ihr verschlungen fühlte. Und dann sprach sie mit ihm, doch auch das war wieder nicht die richtige Beschreibung. Er konnte keineswegs Worte vernehmen, keinerlei sonstige Geräusche und auch keine Stimme in seinem Kopf. Diese Kommunikation war brutaler und direkter als alles, was er sich vorzustellen vermochte. Es war, als würde sie sein Denken umschreiben. Arlo war sich fast sicher, dass er nur etwas davon mitbekam, damit er sich noch unendlich hilfloser vorkäme. Es wirkte. Und er wusste was er zu tun hatte.

Zitternd erwachte Arlo. Es war dunkel und die Steine, die eigentlich noch warm von der gespeicherten Sonnenenergie hätten sein sollen, fühlten sich eisig an. Sein Rücken schmerzte von der harten Säule, an die er gelehnt war. Erschrocken setzte er sich auf. Wie konnte das sein, dass er so lange geschlafen hatte? Was war das für ein furchtbarer, endlos erscheinender Traum gewesen, der sich so elendig real angefühlt hatte? Doch egal, darüber konnte er später nachdenken. Wo war seine Herde?

Er lauschte eine Weile in die Nacht. Etwas weiter das Tal hinab, aus der Richtung, aus der er gekommen war, meinte er eine der Glocken der Ziegen zu hören. Was war nur mit Rayo los, dass er die Herde so weit weg laufen ließ? Als er so dastand und ins Tal blickte, sah Arlo tanzende Lichtpunkte zwischen den Büschen und Ruinen, die sich langsam näherten. Waren das Fackeln? Wer, um alles in der Welt, würde nachts hier herauf kommen? Und dann gleich in so großer Zahl – 17 Fackeln zählte er. Angst stieg in ihm auf. Nun bemerkte er, neben der unnatürlichen Kälte dieses Ortes, auch die unheimliche Ausstrahlung, als würden die Steine einen unheiligen Dunst verströmen. Arlo bekreuzigte sich.

Hastig versteckte er sich hinter einer der Säulen nahe des Podestes und wartete, immer noch am ganzen Leib zitternd. In seinem tiefsten Inneren wusste er, was nun folgen würde. Das Entsetzen hatte ihn vollkommen im Griff, doch war es, als übernähme ein zweiter Teil von ihm, davon völlig losgelöst, die Kontrolle.

In einer merkwürdigen Prozession schritten nach und nach, in schwarze Roben gekleidete, vermummte Gestalten auf den Platz. Eine jede von ihnen trug eine Fackel. Der Teil von Arlo, der panisch und handlungsunfähig zusehen musste, dachte unwillkürlich an die Osterprozessionen, auch wenn die Kutten der Gestalten nicht ganz diesem Bild entsprachen. Die Vermummten gingen in zwei Reihen, links und rechts herum, entlang der Säulen und stellten sich in einem zum Altar hin offenen Halbkreis auf. Die siebzehnte Person schritt geradewegs auf den Altar zu, steckte ihre Fackel in eine Vertiefung im Podest und holte zwei Gegenstände aus einer Umhängetasche: Ein großes in Leder gebundenes Buch, dass sie aufblätterte und auf dem Altar platzierte, und einen langen geschwungenen Dolch.

In diesem Moment wusste Arlo – beide Teile –, dass er geopfert werden sollte. Und dieser zweite Teil, der von ihm Besitz ergriffen hatte, wollte es sogar.

Die Unbekannten begannen mit einem Mal in einer kehligen, hart klingenden Sprache zu singen, die Arlo noch nie zuvor gehört hatte. Der Gesang nahm stetig an Intensität und Tempo zu, trug eine unterschwellige Aggressivität in sich. Arlo fühlte, wie sein Herz davon ergriffen wurde und schneller und schneller schlug. Dann riss der Gesang schlagartig ab. Die Gestalt am Altar begann, mit tiefer, tragender Stimme, von der Arlo nicht genau sagen konnte, ob sie männlich oder weiblich war, aus dem großen Folianten zu lesen. Die Laute, die sie von sich gab, klangen abgehackt und noch sonderbarer, als der vorhergegangene Gesang, obwohl Arlo vermutete, dass es sich um die gleiche Sprache handelte. Doch konnte man das wirklich Sprache nennen? Was immer es sein mochte, es steigerte die unheilvolle Stimmung, die ohnehin über diesem Ort lag. Arlo hatte das Gefühl, dass eine düstere Präsenz ihre Aufmerksamkeit auf diesen Ort richtete. Eine Präsenz, die er heute bereits gespürt hatte in der Tiefe des Berges.

Ein Teil von ihm drohte vor Panik das Bewusstsein zu verlieren, während der andere auf etwas lauerte. Das befremdliche Ritual setzte sich fort. Die Gestalt am Altar hielt nun den bedrohlich wirkenden Dolch in den vor der Brust gefalteten Händen. Sie trug einzelne Phrasen aus dem vor ihr liegenden Buch vor, auf die die Gruppe im Chor antwortete. Dabei blieb die tonangebende Person stets mit dem Rücken zur Gruppe auf den Altar ausgerichtet. Das verdeutlichte, dass es nicht um die Gruppe ging, sondern die Aufmerksamkeit klar auf das Ritual und diese schreckliche Präsenz gerichtet war, die unangenehm an Arlos Bewusstsein nagte. Arlo merkte voll Entsetzen, wie er sich in Bewegung setzte und langsam hinter der Säule hervor auf den Platz trat. Trotz der Kälte rann ihm der Schweiß von der Stirn. Das Hin und Her zwischen der Gruppe und ihrer leitenden Person nahm dabei deutlich an Vehemenz zu. Die Phrasen, die sie wechselten, verkürzten sich zu einzelnen Worten und wurden nun fast geschrien. Gelegentlich überschlug sich eine der Stimmen und fiel somit aus dem Unison heraus, verstärkte damit das Gefühl von Bedrohung noch. Arlo erklomm das menschenbreite Podest und legte sich darauf. Die Gruppe verfiel in Schweigen. Ihre Leitperson hob die geschwungene Klinge hoch über den Kopf, verharrte

einen Moment – Arlo sah das Metall im Fackelschein aufblitzen –
und ließ sie dann ruckartig auf Arlos Brust herabsausen. Dessen
angsterfüllter Teil war bis zu diesem Augenblick so von Panik
gelähmt, dass der zweite Teil ihn mühelos hatte führen können,
doch jetzt entfaltete die Panik eine ungeahnte Stärke in ihm. Er
riss seine Arme, die bisher schlaff neben seinem Oberkörper gelegen hatten, nach oben und griff die verhüllte Gestalt bei den
Handgelenken. Ein lautes Raunen ging durch die Menge der Um-
stehenden. Sie wirkten plötzlich verunsichert. Manche von ihnen
machten ein, zwei zögerliche Schritte nach vorne, doch hielten
dann inne. Die widerliche Präsenz drückte schwer auf den Ritual-
platz herab. Arlo zog die fremden Arme in einer Drehbewegung
zu sich herab und dabei auseinander. Der Dolch fiel klirrend auf
den Altar. Die verhüllte Gestalt riss sich los und griff danach, doch
Arlo war schneller. Ehe er sich versah, hatte er die Klinge tief
in den Leib der über ihn gebeugten Gestalt gerammt und zerrte
sie gewaltvoll nach oben, wobei warmes Blut über ihn, den Altar
und das aufgeschlagene Buch spritzte. Dann sackte die Gestalt,
mit nichts weiter als einem Gurgeln in der Kehle, auf dem Altar
zusammen. Arlo war nun frei von diesem finsteren zweiten Teil
seiner selbst, doch die Panik hatte ihn immer noch fest im Griff.
Er wand sich unter der Gestalt hervor und rannte. Die anderen
Verhüllten wirkten seltsam passiv, starrten nur auf den Altar. Das
verleitete Arlo zu einem letzten hastigen Blick zurück. Er war
sich nicht sicher, doch meinte er ein rötliches Leuchten aus dem
seltsamen Buch zu sehen – war es die Schrift, die zu leuchten
begann? Vermutlich hatte er sich getäuscht. Doch diese Überle-
gungen fanden ohnehin nur am Rande seines Bewusstseins statt.
Der Rest konzentrierte sich nur darauf, von hier fort zu kommen.

Nach einem halsbrecherischen Abstieg über kaum sichtbare
Wege und in viel zu großer Hast erreichte Arlo sein kleines Haus
am Rande der Siedlung, schloss mit zittrigen Händen die Tür auf,
warf sie hinter sich ins Schloss und ließ sich mit dem Rücken an
ihr herabsinken. Er zog die Beine an und legte das Gesicht in die
blutigen Hände. Was hatte er getan? Er hatte gemordet. Jeman-
dem das Leben genommen. Es war Selbstverteidigung gewesen,
doch war das nicht nur eine Ausrede? Sicher hätte er auch einfach
davon laufen können. Und wieso hatte er es überhaupt so weit
kommen lassen? So willig mitgespielt? Konnte das, was er erlebt
zu haben meinte, überhaupt stattgefunden haben? Wie würde er
nur mit sich leben können, nach dem, was passiert war, was er
getan hatte? So rasten seine Gedanken noch lange durch seinen

Kopf. Kurz dachte er sogar daran, dass er am nächsten Tag seine Herde finden müsste, doch fühlte er sich gleich wieder schlecht und unendlich schuldig. Irgendwann brach er vor Erschöpfung auf den Fliesen seines Flurs zusammen. Etwas streckte seine Fühler nach seinen Träumen aus. Er erblickte tiefste Schwärze, einen endlosen Abgrund.

Juni

Dego erwachte. Draußen überwog noch das Dunkel der Nacht, das nur ganz allmählich vom Licht des bevorstehenden Tages verdrängt wurde. Er war müde, doch zugleich hellwach. Am Abend hatte er sich Stunde um Stunde in seinem Bett hin und her gewälzt, den Schlaf und den heutigen Tag herbeigesehnt. Mittsommer, der Tag, an dem die Präsenz Gottes am Stärksten, die göttliche Ordnung am deutlichsten sichtbar war, würde heute erneut mit einem großartigen Fest gefeiert. Auf diesen Tag freute sich das ganze Dorf seit Monaten. Wenn er groß war, würde Dego zum Mittsommerfest in die imperiale Hauptstadt reisen. Wie viel herrlicher und prächtiger es dort zuginge, konnte er sich trotz mancher Erzählung kaum ausmalen. Doch auch hier würde es die köstlichsten Speisen, Musik und Tanz geben. Die Priester, die in großen Wagen aus der Zitadelle angereist waren, würden die abendliche Zeremonie leiten, mit göttlicher Macht das riesige Feuer auf dem Festplatz entfachen, die Dämonen in ihre Schranken weisen und die ungläubigen Feinde des Imperiums strafen. Für diese Zeremonie hatten die Frauen des Dorfes tagelang Strohpuppen gefertigt, die als stellvertretendes Symbol für die Diener des Bösen, verbrannt werden würden.

Dego hielt es nicht länger aus. Trotz des schummrigen Dämmerlichtes schwang er sich aus dem Bett und tapste barfuß über den noch kühlen Lehmboden. Seinen jüngeren Geschwistern war es die Nacht wohl ähnlich ergangen. Sie richteten sich, als sie ihn hörten, sogleich auf und blickten ihn aus großen Augen an. Er ging hinüber zum Bett seiner Eltern und weckte sie. Zuerst reagierten sie mürrisch, doch dann schien auch sie die Euphorie des bevorstehenden Tages zu packen und bald war die kleine Hütte von Leben erfüllt. Der klare Himmel ließ einen sonnigen Tag erwarten.

Bis zum Mittag gab es noch viel zu erledigen. Selbst die Kleinsten im Ort halfen begeistert mit. Dego, der schon zu den älteren Kindern gehörte, hatte natürlich bereits verantwortungsvollere Aufgaben. Er stellte mit einigen anderen die Tafeln für das große Buffet und deckte diese mit vielfältigen Köstlichkeiten ein, die aus den Hütten und dem Backhaus zusammengetragen wurden. Es gab verschiedene Beeren und anderes Obst, Rhabarberkompott, Pasteten und Teigtaschen, frisches Brot, Wurst, Käse, Honig, Torten und viele weitere Leckereien. Niemand störte sich daran, dass er bereits kräftig naschte, denn heute war von allem reichlich vorhanden und alle waren bester Laune. Tee, Milch, Saft und Wein stellten sie ebenfalls in großen Krügen und Karaffen bereit.

Am Mittag waren die Vorbereitungen abgeschlossen und es wurde zum gemeinsamen Festmahl gerufen. In einer Ansprache dankten die Priester Gott für den Reichtum und die vielen Gaben. Sie führten aus, dass dies die Früchte der Ergebenheit zu Gott und Kaiser seien. Dann begann das Schmausen. Obwohl Dego sich schon nahezu satt genascht hatte, langte er bei allem kräftig zu, schließlich gab es so etwas nur einmal im Jahr. Die Erwachsenen, einschließlich der Priester, tranken reichlich Wein und wurden bald laut und ausgelassen. Nach einer Weile ergriffen die Priester ihre Instrumente. Trommeln, Lauten und Flöten, gepaart mit mehrstimmigem Gesang, trugen das Fest bis in die Abendstunden. Es wurde viel getanzt, Geschichten und Albernheiten zum Besten gegeben, gelacht, gegessen und getrunken. Abends wurden ganze acht fette Säue an Spießen über Feuern gebraten und ergänzten das reichliche Mahl.

Als die Dunkelheit hereinbrach, verstummte die Musik. Das ganze Dorf verharrte in erwartungsvollem Schweigen. Die Priester erhoben sich. Der Höhepunkt des Tages stand unmittelbar bevor. Dego sah, dass sich zwei der Priester entfernten und in Richtung ihrer Wagen davonschritten. Die übrigen nahmen ihre langen Priesterstäbe und stellten sich dort auf, wo der Weg aus dem Dorf hinauf zum Feuerberg führte. Je fünf Priester standen nun still und aufrecht zur Linken und Rechten des Weges. Ihr Oberster, Markonus, schritt zwischen ihnen hindurch, drehte sich dann um und war nun ihnen und dem Dorf zugewandt. Er hob seinen Stab senkrecht in die Höhe, verharrte so einen Moment und ließ ihn dann mit dem unteren Ende auf den Boden donnern. In diesem Moment entflammte das obere Ende in hell loderndem Feuer. Funken stoben zu den Stäben der beiden nächststehenden Priester und setzten sich von dort zum Ende ihrer Reihe fort, bis alle Stäbe entzündet waren. Das Feuer schien jedoch nicht an den Stäben selbst zu zehren, sondern vielmehr aus der umgebenden Luft genährt zu werden.

Markonus gab das Zeichen zu folgen und schritt langsam den gewundenen Weg hinauf. Ehrfürchtig näherten sich die Dorfbewohner und folgten dem Würdenträger, während die übrigen Priester sich an ihren Seiten verteilten und den Weg leuchteten. Degos Herz war von dem göttlichen Wunder ebenso entflammt wie die Stäbe. Erwartungsvoll schritt er mit den anderen zum Gipfel. Dort zeichnete sich im Feuerschein der riesige Scheiterhaufen ab, für den die Männer des Dorfes so viel Holz hatten schlagen und hier herauf schleppen müssen. Doch es war eine Ehrensache, für die sie die harte Arbeit gern auf sich nahmen. Wer sich für Mittsommer mit besonderem Fleiß hervor tat, stieg zudem im Ansehen des Dorfes. Eine einfache Leiter aus mit Hanfstricken zusammengebundenem Holz lehnte mittig am aufgeschichteten Brennmaterial. Auf diesem Weg waren die Strohpuppen herauf gebracht worden, die nun darauf warteten, für die Sünden der Menschen zu brennen. Die Priester stellten sich gleichmäßig verteilt vor dem Scheiterhaufen auf, alle den davor gesammelten Dörflern zugewandt und Markonus in ihrer Mitte. Dego hatte es geschafft, sich nach ganz vorne zu drängeln und freute sich, alles aus nächster Nähe mitbekommen zu können.

Markonus erhob das Wort: »Bürger des Reiches, Diener Gottes und des Imperators! An diesem Tag hat uns Gott besonders lange und intensiv an seiner Herrlichkeit teilhaben lassen. Als Zeichen unserer Verehrung bieten wir ihm dieses Opfer dar. Wir haben uns bemüht, ihm ein möglichst großes Feuer zu bescheren – ein schwaches Abbild seines Glanzes –, um die Dunkelheit der Nacht und mit ihr das Böse und Dämonische zurück zu drängen, das stets auf die Unachtsamen und Törichten lauert. Diese Puppen«, er deutete dabei auf den Haufen hinter sich, »stehen für das Üble, Ketzerische, Falsche, das stets lauert und unsere Herzen zu vergiften sucht. Wir werden es in dieser Nacht im reinigenden Gottesfeuer ausmerzen, um unsere Seelen für ein weiteres Jahr reinzuwaschen. Doch dürfen wir nicht vergessen, dass dieser symbolische Kampf durchaus einem realen Kampf gegen das Böse entspricht. Daher wurdet ihr in diesem Jahr zu der besonderen Ehre auserkoren, Gottes gerechten Urteils Zeugen zu sein.«

Dego bemerkte eine Unruhe, die durch die Menge der Dörfler ging. Es bildete sich allmählich eine Gasse in ihrer Mitte. Durch sie hindurch schritten die beiden Priester, die sich zuvor abgesetzt hatten, jeder mit seinem hell erleuchteten Stab; in ihrer Mitte eine weitere Gestalt, die gebeugt und von stetem Klirren begleitet ging. Als sie durch die Menge hindurch waren, konnte Dego mehr erkennen. In Ketten hatten die Priester eine dreckige, in zerschlissene Kleidung gehüllte Gestalt vor Markonus gebracht, der erneut zur Menge sprach: »Dieses Weib ist eine gefährliche Hexe und mit Dämonen im Bunde. Sie hat sich der schlimmsten Verbrechen an der göttlichen Ordnung unseres heiligen Imperiums schuldig gemacht. Unsere höchsten Agenten der Himmelslanzen konnten sie enttarnen und gefangen setzen. In dieser Nacht werdet ihr die wahre Kraft des reinigenden Feuers schauen. Sehet, wie mit den Feinden des Lichts verfahren wird!«

Dann richtete er sich an die Frau: »Ilara! Du hast auf das Schändlichste gesündigt und wirst nun dafür zugleich Strafe und Erlösung finden. Gottes Feuer wird dir die Dämonen aus dem Leib brennen und deine Seele von ihnen reinigen, sodass sie zu Gott auffahren mag. Aus Leben wird Feuer, aus Feuer wird Asche, aus Asche wird Leben.«

Er nickte den beiden Priestern zu, die sich sodann daran machten, Ilara über die Leiter mühsam auf den Scheiterhaufen zu zerren und schließlich dort anzuketten. Sie ließ es ohne Gegenwehr geschehen. War das Resignation oder woher kam diese Ruhe? Dego spürte ein Kribbeln in den Zehen und im Haaransatz. Ein Schauer durchlief ihn. Sah so das wahrhaftig Böse aus? Er konnte nur eine arme, geschundene Frau sehen. Doch hatte er aus den heiligen Texten gelernt, dass das Böse oft in Verkleidung auftrat. Sicher war dies nur eine List, um ihn und die anderen zu täuschen und Zweifel in ihren Herzen zu sähen.

Die beiden Priester waren inzwischen wieder die Leiter herabgestiegen und hatten sich in die Reihen ihrer Brüder eingefügt. Markonus begann mit der Intonation der Mittsommergebete. Doch in diesem Jahr war Dego nicht ganz bei der Sache. Er ertappte sich immer wieder dabei, Ilara zu betrachten, die aufrecht dastand und trotz ihrer zerzausten Haare und heruntergekommenen Erscheinung Würde ausstrahlte. Durch das helle Leuchten der Priesterstäbe konnte er sie sehr gut erkennen. Sie schloss ihre Augen und schien Kraft zu sammeln. Dann ließ sie ihren Blick langsam über die Menge schweifen. Dego hatte das Gefühl, wahrhaftig von ihr gesehen zu werden, als ob sie eine Weile nur Augen für ihn hätte und direkt in ihn hinein sähe. Dann kamen die Bilder – Erinnerungen, doch nicht die seinen, sondern Ilaras. Er sah, wie sie anderen half, sie heilte, für sie da war. Er sah brennende Häuser und zwischen ihnen die Soldaten des Reiches, wie sie Gräueltaten vollbrachten, die ihn zutiefst erschütterten, scheinbar blind für das Leid, das sie anrichteten. Er sah eine eilige Flucht, sah wie Ilara und einige andere sich zusammen schlossen, sich versteckten, verteidigten. Zuletzt sah er die Himmelslanzen, wie sie Ilara brutal überwältigten.

Dann ging der Scheiterhaufen mit einem Mal in Flammen auf. Es war zu spät. Ilara brannte und sie schrie vor Qualen. Dego wäre fast losgerannt, wollte das Feuer löschen, Ilara irgendwie befreien. Wieso tat denn niemand etwas? Aber Dego ahnte, wieso. Sie wollten es, wollten einen Sündenbock, wollten ihre eigenen kleinen und großen Sünden vergessen. Und sie hatten schlicht Angst. Dego stand wie angewurzelt da. Auch er traute sich nicht, etwas zu unternehmen. Zudem wusste er, dass es aussichtslos wäre.

Ein erneuter Aufschrei Ilaras riss ihn aus seinen Gedanken. Er sah, wie ihre Haut von den Flammen versengt wurde, sich wie trockenes, brüchiges Pergament von ihrem Körper schälte. Ilaras Schreie gingen in schrilles Kreischen über. Dego fühlte es in jeder Sehne seines Körpers, ertrug es kaum, hatte zudem das Gefühl sich jeden Augenblick übergeben zu müssen. Fast fühlte es sich an, als würde er selbst brennen, doch dann dachte er, dass dies nicht annähernd dem gleichkommen konnte, was Ilara fühlten musste. Eine qualvolle Ewigkeit starrte Dego auf die immer unkenntlicher werdende Gestalt Ilaras. Er wusste nicht zu sagen, wann sie aufgehört hatte, zu kreischen. Irgendwann verhüllten die stetig höher schlagenden Flammen den grauenvollen Anblick. Ilara war für immer verstummt.

Dego fragte sich, ob er der Einzige war, den Ilaras Pein so mitgenommen hatte und auch, ob er der Einzige war, den ihre Bilder erreicht hatten. Nach den Geschehnissen dieser Nacht, würde er nie wieder der Gleiche sein. Eine unaufhaltbare Veränderung hatte ihren Anfang genommen.

Juli

Erbarmungslos drückt die schwüle Sommerhitze auf mich herab. Ich liege im Gras, in meinem Blickfeld fette, schillernde Fliegen, die träge über der Pfütze meines Blutes umhersurren. Hier ist es so ruhig – der Ausdruck von Idylle –, dass mir dies wie das Dröhnen mächtiger Motoren erscheint. Vielleicht wird das durch die aus dem heftigen Schlag auf den Kopf rührenden Kopfschmerzen verstärkt, denke ich. Oder ist es anders herum? Mein ganzer Kopf dröhnt im Rhythmus der Fliegen mit.

Ich muss hier weg. Nur wie? Vielleicht wäre Aufstehen eine gute Idee. Doch selbst wenn, drückt es mich mit der ganzen Kraft der Erde nach unten. Schwerkraft. Wie soll ich da nur gegen ankommen? Die zwei Stunden Wanderung zurück zur nächsten Ortschaft sind ohnehin unvorstellbar. Von Vornherein war mir bewusst, dass es ein unwägbares Risiko bedeutete, allein auf die Suche zu gehen. Doch wollte ich mit niemandem teilen. Dazu reichte mein Vertrauen nicht.

Ich bin unendlich müde. Mit gewaltiger Anstrengung winde ich meinen schmerzenden linken Arm an mir herab, angle mein Telefon aus der Hosentasche und hole es in mein Sichtfeld: 15:37, kein Netz und der Akku wird von der ständigen Netzsuche geradezu gierig ausgesaugt. Überrascht bin ich nicht, die Enttäuschung spüre ich dennoch. Jetzt bloß nicht einschlafen. Nur kurz ausruhen...

Wie spät ist es? Die Sonne brennt noch immer – oder schon wieder? Nein, ich glaube nicht, dass ich lange gelegen habe. Doch länger liegen bleiben sollte ich nicht. Ich drehe mich vollends auf den Bauch und beginne, mich mit den Armen langsam nach hinten und in die Hocke zu drücken. Ich ruhe mich aus, muss husten und ein bisschen würgen. Dann arbeite ich mich langsam in einen wackeligen Stand. Ich fühle das Blut in meinem Nacken herablaufen. Hoffentlich nicht so viel.

Benommen lasse ich den Blick schweifen: Vor mir die rote Pfütze, aus der ich mich erhoben habe, ein Stück weiter der ebenfalls blutige Stein, mit dem man mich wohl niedergeschlagen hat. Die kleine Baumgruppe hinter mir muss die angreifende Person verborgen haben. Schatten spendete sie mir nicht. Feindseeliges Gestrüpp! Etwas weiter lädt ein kleiner Tümpel zum Verweilen ein – hah, sicher eine großartige Idee! Doch jetzt im Ernst: Zurück schaffe ich es nicht, da bin ich sicher, also kann ich genauso gut weitermachen. Ein Zittern und ein Gedanke durchfahren mich untrennbar voneinander: Ich werde sterben.

Jeglicher dürre Zweig Hoffnung, den ich mir herbeisinnen kann, zerbricht bereits bei vorsichtiger Betrachtung. Da könnte ich auch auf eine Rettung durch Außerirdische warten. Wenn ich mir sage, was soll's, dann glaube ich das nicht etwa, nur setzt das einen Automatismus in Gang, der mir Kraft gibt, wenigstens irgendetwas zu tun.

Monatelang habe ich nach Hinweisen gesucht und gerätselt, oft bis spät in die Nacht noch im Internet recherchiert und über Karten und Satellitenaufnahmen gebrütet, um am nächsten Tag auf der Arbeit einzunicken. Ich habe nicht nur die Rätsel gelöst und den Ort bestimmt, ich bin vorbereitet. Anhand der Zielkoordinaten habe ich versucht, Schlüsse über das Versteck zu ziehen, doch war das selbst mit Satellitenbildern nur eingeschränkt möglich. Ich habe Beschreibungen über das Gebiet gelesen, meine Ausrüstung an das Terrain angepasst, versucht irgendetwas über die Zielposition in Erfahrung zu bringen. Mehr als eine leise Ahnung, dass es sich um eine Höhle handeln könnte, habe ich dabei allerdings nicht gewonnen. Ich war noch nie hier, doch finde ich mich ganz sicher auch ohne GPS zurecht – verdammt, mein Telefon liegt noch in der Pfütze auf dem Boden, doch es ist mir zu anstrengend, mich danach zu bücken und der Akku dürfte ohnehin bald schlapp machen.

War es arrogant, zu glauben, dass ich bisher als Einzige die Lösung gefunden hätte? Ich war so sicher. Jetzt frage ich mich, ob wir überhaupt die Ersten waren und ich nicht vielleicht völlig umsonst angegriffen wurde. Na, das wäre mal ein wirklich nutzloser Tod. Um mich etwas aufzubauen: Ich würde auf der größten Schatzsuche unserer Zeit mein Leben lassen, kurz vor dem Ziel. Also voran. Einen Fuß vor den anderen. Mal sehen, wie nah ich an das Ziel herankomme. Mein Kopf dröhnt höllisch. Nur bis zum Waldrand und dann ist es nicht mehr weit. Schritt für Schritt.

Die feuchte Waldluft und der Schutz vor der Sonne geben mir neue Kraft, wenn auch nicht viel. Das Terrain wird steiniger. Ich weiß, dass hier vereinzelt Felsen aus dem Wald ragen. Mühsam kämpfe ich mich durch das Unterholz, erreiche den kleinen Felskamm, den ich erwartet habe. Ich folge ihm in östlicher Richtung, bis sich vor mir eine tiefe Felsspalte im Boden auftut. Verdammt, es ist tatsächlich eine Höhle! Ich muss da irgendwie runter kommen. Doch was ist das? Da war jemand so überaus freundlich, ein Seil hängen zu lassen – fest um einen vertrauenerweckenden Baumstamm geknotet. So kann ich es schaffen.

Ich lehne am unteren Ende des Abstiegs mit dem Rücken gegen die moosige Felswand der schmalen Spalte, die sich zur Linken fortsetzt. Die feuchte Kühle durchdringt mein T-Shirt. Ich schließe die Augen und atme tief. Es riecht modrig und nach altem Laub. Nun fällt mir ein, dass sich meine Taschenlampe ordentlich verstaut in meinem Wanderrucksack befinden dürfte und dieser vermutlich dort, wo ich von hinten überrascht wurde. Hoffentlich dringt das Zwielicht weit genug in die Spalte, dass ich ohne eigene Lichtquelle auskomme. Ich öffne die Augen und mobilisiere meine letzten Kräfte, da sehe ich einen hin und her tastenden Lichtstrahl aus der Tiefe der Spalte dringen. Eiskalt durchfährt es mich. Die andere Person ist noch hier. Wie konnte ich nur so dumm sein?! Mir wird übel. Wie gelähmt beobachte ich das Licht, wie es langsam über die Höhlenwand näher kriecht. Plötzlich beschleunigt es sich und ich vernehme laut raschelndes Laub, als der Schatten aus dem Inneren auf mich zu hastet. Dann rast die Taschenlampe auf meine Stirn nieder und ich gehe mit einem lauten Aufschrei erneut zu Boden.

Laute dringen an mein Ohr. Stimmen. Doch ich kann mich nicht darauf konzentrieren. Ich spüre Berührung, werde in eine sitzende Position bewegt. Dabei wird mir kotzelend. Oder war das vorher schon? Das Wasser ins Gesicht kommt unerwartet. Aus verkrusteten Augen blicke ich in ein besorgtes Gesicht. Und ich dachte, ich wäre so schlau, so besonders, dass ich der Konkurrenz um Wochen voraus wäre. So drastisch die Folgen meines Irrtums im ersten, so dankbar sollte ich in diesem Fall wohl sein. Ich versuche mehr zu erkennen, doch meine Augen wollen nicht offen bleiben.

»Ganz langsam. Keine Sorge. Wir holen dich hier raus.«

Ich versuche zu antworten, bringe jedoch keinen Ton heraus. Zwei Stimmen reden beruhigend auf mich ein. Als mir eine Trinkflasche an die Lippen geführt wird, trinke ich gierig, huste, atme dann eine Weile schwer.

»Das kriegen wir schon hin. Rayko holt das Verbandszeug und wenn wir dich wieder zusammengeflickt haben, schaffen wir dich hier raus.«

Nun gelingt es mir doch, krächzend ein paar Worte herauszubringen: »Ich war so nah dran.«

»Ruhig. Trink noch etwas. Eines nach dem Anderen. Am Besten vergisst du die Suche für einen Moment und schonst deine Kräfte. Ich bin übrigens Irina.«

Doch ich kann nicht loslassen. »So viele Nächte. So viele Monate. Ich war so gut. Ich war so nah dran.« Ich kann nicht weitersprechen. Der Frust bildet einen riesigen Kloß in meinem Hals und die Erschöpfung tut ihr Übriges.

»Ja. Ich bin sicher, dass du gut warst, gut bist. Ich meine, wir waren verdammt gut, aber du warst vor uns hier – wenn auch nur ein paar Stunden. Vielleicht warst du die Erste. Wieso hätte sie dich sonst niederschlagen sollen?«

Sie? Ich horche auf. Nun gelingt es mir auch endlich, meine Augen offen zu halten.

»Da du sowieso nicht von der Sache lassen kannst, erzähle ich dir jetzt, was passierte, als wir hier ankamen.«

In diesem Moment kommt Rayko – falls ich den Namen richtig verstanden habe – zurück und kümmert sich um meine Wunden. Soweit ich das beurteilen kann, macht er seine Sache routiniert und professionell. Währenddessen beginnt Irina ihre Geschichte: »Schon unten am Parkplatz haben wir so unsere Befürchtungen gehabt, dass wir zu spät kommen. Dort standen bereits zwei Autos und zu dieser Zeit unter der Woche ist das an diesem verlassenen Stück Erde wohl eher unwahrscheinlich. Wir kamen an einen Tümpel und sahen dort einen Wanderrucksack liegen. Als wir uns die Sache etwas genauer ansahen fanden wir eine Blutlache mit einem Handy darin und Spuren – alles von dir, nehme ich an. Wir wussten also, dass wir jetzt verdammt vorsichtig sein mussten.

Oben an der Felsspalte sahen wir ein weiteres Backpack und ein nach unten führendes Seil. Doch bevor wir die Gelegenheit hatten, etwas zu tun, hörten wir unten Laub rascheln und dann einen dumpfen Schlag und einen Schmerzensschrei – das warst wohl wieder du. Wir wussten, dass wir nicht viel Zeit hatten und entschieden uns für die vorsichtige Variante. Wir wollten keine direkte Konfrontation. Also taten wir etwas, was dich sehr freuen wird: Wir steckten einen GPS-Tracker in die Seitentasche des Backpack – ein gutes Teil und richtig klein.« Die beiden grinsten breit, als Irina dies sagte. »Naja. Jedenfalls versteckten wir uns hastig und konnten beobachten, wie eine ziemlich durchtrainiert aussehende Frau aus der Spalte kletterte, etwas in den Rucksack steckte, ihr Seil einholte und dann hastig verschwand. Als sie weg war, sahen wir schließlich dich in der Spalte liegen. Zum Glück haben wir auch Klettersachen mitgebracht.

Ich schlage vor, dass wir dich zuallererst hier raus bringen. Ich sage es nicht gern, aber du hast dann erstmal eine gründliche ärztliche Behandlung nötig. In der Zwischenzeit finden Rayko und ich heraus, wo sich diese miese Ratte hin verkrochen hat. Und wenn es dir wieder besser geht, holen wir uns unsere Beute. Also, was meinst du? Genug für Alle?«

»Genug für Alle.« Ich lächelte. Und ich war doch die Erste!

August

Kahlschlag. Sirrende Hitze. Durch trockenen zerfurchten Erdboden schlängelt sich, wage erkennbar, das Bett eines lange versiegten Baches. Vereinzelt ragen noch die toten Stümpfe von Bäumen empor, mit abgeplatzter Borke, teils bis zu drei Meter mit gezacktem Ausbruch, zumeist nur wenige Zentimeter über dem Erdboden sauber abgeschnitten. Die Profile schwerer Fahrzeuge ziehen Bänder durch die wüste, karge Landschaft und geben dieser eine bizarre Ordnung.

Das kühle Klima des Waldes steht in angenehmem Kontrast zur trockenen Sommerhitze. Das sanfte Rauschen des Windes im Blätterdach und das muntere Plätschern eines Baches entspannt und belebt. Hier hat sich ein kleines Grüppchen eingefunden, die schweren Wanderrucksäcke abgelegt, um Luft an die schweißnassen Rücken zu lassen, sich der Wanderschuhe entledigt, um die gequälten Füße im frischen Bach zu kühlen. Es sind sieben Leute im Alter von Anfang zwanzig bis Mitte fünfzig. Sie wirken gut gelaunt, doch lässt sich ihren Gesprächen über das Bevorstehende auch eine gewisse Anspannung anmerken. Auf das rhythmische Pochen eines nahen Spechts und das gelegentliche Rascheln anderer Tiere im Unterholz achtet gerade niemand.

Bald ist die kleine Gruppe wieder aufbruchbereit. Alle haben auf eigene Weise das kalte Nass genutzt, um sich Erfrischung zu verschaffen. Nun brechen sie auf zur »Front«, wie sie scherzhaft sagen. Sie meinen damit den Waldrand, also das, was inzwischen zum Rand des Waldes geworden ist. Sie sind nicht zum ersten Mal dort und haben sich bereits geeignete Bäume ausgeguckt, sodass kurz nach ihrer Ankunft schon die ersten Wurfbeutel fliegen und einige Zeit später, mit den daran befestigten Wurfschnüren, Seile in die Kronen gezogen werden. Nachdem die ganze Gruppe mitsamt Gepäck in den Bäumen sitzt, machen sie sich daran, die ersten Seilbrücken zu errichten und ein großes Banner gegen die drohende Rodung des Waldes zu hängen. Doch bereits jetzt ist das Wichtigste geschafft: sie sitzen in den Bäumen - und zwar bevor der ganze Tumult losgehen wird. Bald würden hoffentlich die anderen mit Material für Plattformen und allerlei Weiterem eintreffen. Sie hatten großes Glück, dass bisher keine Sicherheitskräfte oder Polizisten den Aufbau störten, doch das würde sich sicher bald ändern.

Mi erwacht nach einer unruhigen Nacht. Es kann noch nicht lange hell sein. Der schlechte Schlaf begründet sich sicher auch durch die eher provisorische Schlafposition, im Klettergurt gesichert, hier auf einer der Plattformen. Vielmehr wird jedoch die Aufregung, dass nun die Räumung der Waldbesetzung unmittelbar bevor steht, dazu beigetragen haben. Diesmal würde die Polizei sicher ernst machen und mit großem Aufgebot anmarschieren. Vermutlich würden auch Kletterbullen – so nennen sie die Polizeieinheiten mit Kletterausbildung – angereist sein. Die Geschichten und Berichte von solchen Einsätzen beunruhigten Mi, da es heißt, dass die Kletterbullen mit waghalsigen Aktionen und mangelnder Kenntnis von Baumstatik und baumbezogener Klettertechnik oft sich und andere gefährdeten. Zudem musste ohnehin mit massiver Brutalität gerechnet werden. Mi schiebt diese Gedanken beiseite und sieht sich um. Ein paar der anderen sind auch schon auf oder schälen sich gerade aus ihren Schlafsäcken.

»Frühstück?«

»Frühstück.«

»Ich werde aber erstmal austreten. Momentan dürfte das ja auch noch unten möglich sein. Oder hat von euch schon jemand was mitbekommen, dass die Bullen auf dem Weg sind?«

Dies wird mit Kopfschütteln beantwortet, von Manchen erst nach einem Blick auf ihr Handy.

Unten tapst Mi durch ein buntes Zeltlager, grüßt ein paar der verschlafenen Grüppchen, die sich allmählich vor den Zelten sammeln. Bei der Größe des Lagers dauert es eine Weile, das Kompostklo zu erreichen.

Mi klettert zurück auf die Plattform und gesellt sich zu den anderen, die bereits Brot, verschiedene Aufstriche, Obst und Rohkost ausgebreitet haben und es sich schmecken lassen. Mi freut sich, dass sie heute so gut versorgt sind. »Reh hat gerade angerufen. Sieht aus als wären die Bullen jetzt am Start. Es kann also jeden Moment losgehen.«

Mi lässt sich das Frühstück trotzdem schmecken, vermisst nur den Kaffee.

Alle haben Angst, doch zugleich sind sie fest entschlossen. Sie wissen, warum sie hier sind.

Die große Demo erreicht unter lauten Jubelrufen den Wald. Viele sind gekommen, um aktiv die Barrikaden zu verstärken. Auch jene, die lieber in relativer Sicherheit bleiben, sind mehr als willkommen. Jede Person zählt. Die Stimmung hebt sich. Leute unten und oben winken sich gegenseitig zu oder werfen sich scherzhaft Sprüche an den Kopf.

Dann bricht unten Tumult aus. Es ist klar, dass es begonnen hat, doch lässt sich vom Baum aus nur schwer erkennen, was vor sich geht. Mi fällt es nicht leicht, in Sicherheit zu sitzen, während unten Leute zusammengeknüppelt, malträtiert und ihrer Freiheit beraubt werden. Aber es ist wichtig, hier oben zu sein, und der Ärger wird hier schon noch früh genug beginnen. Plötzlich verstärkt sich das Geschrei. Schwer gerüstete Einsatzkräfte sind unter den Bäumen, gehen brutal gegen die Demonstrierenden vor. Sie bahnen einen Weg zu den Bäumen, um die sie nun einen Ring bilden. Zwischen ihnen machen sich die Kletterbullen bereit. Auch oben bereiten sich die Leute auf den Ansturm vor. Zwei von ihnen kleben ihre Hände in um den Stamm ihres Baumes gelegten Metallrohren fest, sodass die Polizei es möglichst schwer haben wird, sie von hier oben herunter zu bekommen. Mi sichert sich an einer der Seilbrücken und begibt sich zwischen die beiden Bäume, die sie verbindet. Frei baumelnd in der Mitte der Brücke freut sich Mi, gleich zwei Bäume auf einmal zu schützen. Trotz heftiger Szenen, die sich unter den Bäumen abspielen, winken und rufen immer wieder Leute. Mi kann dies erwidern, denn im Moment gibt es an der Seilbrücke hängend nicht viel anderes zu tun. Von dort lässt sich zudem sehr gut beobachten, wie die Kletterbullen die Bäume erstürmen. Mal sehen, wie lange Mi sie bei ihrem zerstörerischen Werk behindern kann.

Nach kurzer Zeit haben drei Kletterbullen die Plattform links von Mi erreicht und ringen dort Schnabel nieder. Schnabels Gegenwehr macht die Bullen wütend und lässt sie sehr ruppig werden. Zwei von ihnen halten nun Schnabel unten, während der dritte sich an der Seilbrücke zu schaffen macht.

»Stopp! Bist du verrückt?!? Willst du, dass ich abstürze?«, ruft Mi.

Der Polizist nimmt davon keine Notiz, zieht ein Messer und beginnt, die Seilbrücke zu durchtrennen. Mi spürt das Reißen einzelner Fasern und versucht noch panisch zur anderen Plattform zu kommen. Einer der Polizisten ruft dem Kollegen zu, er solle sofort aufhören, ist aber selbst noch zu sehr mit Schnabel beschäftigt, um etwas zu unternehmen. Immer mehr Fasern werden vom Messer durchtrennt, dann reißt das Seil. Mi fällt den Leuten entgegen, die ihr eben noch zugewunken haben. Es fühlt sich unwirklich an, zu stürzen. Wie fliegen. Mi denkt noch, dass erst der Aufprall zum Problem werden wird. Dann ein heftiger Ruck und es wird dunkel.

September

Moira atmet tief durch. Sie liebt die frische, kühle Luft und den waldigen Geruch. Was sie am meisten an der Stadt liebt, ist, dass sie so schnell und einfach mit der S-Bahn hier raus kommen und diese unvergleichliche Landschaft erleben kann. Über schmale, gewundene Pfade abseits der großen Wanderwege läuft sie vorbei an Sandsteinfelsnadeln und um massige Plateaus herum oder über sie hinweg. Teils eröffnen sich atemberaubende Ausblicke, teils geht es durch dichten Wald. Die Wege sind mal sandig, mal steinig, und hinter jeder Ecke liegt etwas, das Moiras Entdeckerinnengeist schürt. Hier gelingt es ihr, den Alltag hinter sich zu lassen – gerade um diese Jahreszeit und unter der Woche, wenn wenige andere Leute hier unterwegs sind. Manchmal kommt sie mit Freunden hier her, doch gerade genießt sie es sehr, ganz für sich zu sein. Bald treiben ihre Gedanken so frei wie die Wolken am Himmel und auch ebenso wechselhaft wie das Wetter. Sie achtet kaum auf den Weg und bald erkennt sie die Gegend um sich herum nicht wieder. Ein wachsamer Teil ihrer Selbst meldet Bedenken an, doch ist sie so in Gedanken, dass sie dies lediglich als kleine Irritation wahrnimmt und sogleich beiseite schiebt. Sie ist guter Dinge. Die Sonnenstrahlen wärmen angenehm ihre Haut, während der kühle sanfte Wind sie umschmeichelt.

Sie denkt an all die schönen Dinge, die sie in letzter Zeit erlebt und erfahren hat. Der Besuch ihrer Eltern väterlicherseits (ja, Moira mag die neue Freundin ihres Vaters, daher sagt sie das gerne so), ein Abend mit Freunden, ein mitreißendes Punkrockkonzert. Da fällt ihr wieder der weitere Verlauf des Abends ein, der zunächst so gut begann. Das Konzert, das sie so gerne hatte erleben wollen, dass es ihr egal gewesen war, dass ihre Freunde alle keine Zeit, kein Geld oder keine Lust gehabt hatten. Sie hatte es genossen und sich ordentlich verausgabt. *Eine Wolke verdeckt die Sonne, lässt sie frösteln.*

Als sie dann an der Theke gestanden hatte, um etwas gegen ihre trockene Kehle zu besorgen, drängte sich dieser betrunkene Typ unangenehm auf. Sie sagte, er solle sie in Ruhe lassen. Sie war nicht so recht in der Stimmung zu pöbeln. Sie wollte nur noch nach Hause in ihr Bett. Dennoch füllte sie das rasch geleerte Glas nochmal auf der Toilette auf. Sie war wirklich sehr durstig. Als sie das Glas zurückgab, war der Typ immer noch da. Seine Worte bewegten sich zwischen bettelnd und herablassend, seine

Aussprache war vom Alkohol verwaschen, sein Unterton deutlich aggressiv.

Sie nimmt wahr, dass der Himmel nun gänzlich mit dunklen Wolken zugezogen ist. Schnell verließ sie den Laden und machte sich auf den Heimweg. Leider war ihr Fahrrad schon seit längerem Schrott, sodass sie zu Fuß gehen musste. *Sie vernimmt ein Knacken im Unterholz.* »He, Süße! Warte doch mal!«, hörte sie es hinter sich rufen. Scheiße.

Sie beschleunigte ihren Schritt. *Ja, da bewegt sich eindeutig etwas im Gebüsch neben dem Wanderpfad.* Sie entschloss sich an jenem Abend gegen den dunklen Park, auch wenn das Umgehen ihren Weg etwas verlängerte. »Ey, Mann! Ich will doch nur...ich beiß' doch nich...oder stehs' du drauf?« Ein dreckiges Lachen folgte. »Verpiss dich!«, rief sie, doch der Typ ließ nicht locker. Langsam bekam sie es wirklich mit der Angst zu tun.

Erschrocken wendet sie sich um. Etwas Großes, Massiges schiebt sich mit ruhigen kraftvollen Bewegungen auf den schmalen Weg. Ist das ein Hund? Falls ja, dann mit Abstand der fieseste, den sie je gesehen hat. Ein riesiges, bulliges Ding mit schwarzem zottigem Fell und einem überproportional riesigen Maul aus dem der Geifer zwischen den gefletschten Zähnen herabtrieft. Das kann doch nicht sein. Wo ist sie hier nur hineingeraten? In Gedanken hängt sie noch bei jenem furchtbaren Heimweg. *Begleitet von einem krachenden Donnerschlag brechen die Wolken über ihr und es beginnt heftig zu schütten. Dies veranlasst sie dazu, loszurennen, in der Hoffnung, dass sie dadurch das Biest nicht zur Verfolgung provoziert. Als sie einen Blick über die Schulter wagt, sieht sie, dass es ihr mit etwas Abstand in geradezu gemütlich wirkendem Trab folgt. Sie ist sich sicher, dass es sie jederzeit mühelos einholen kann.* Sie kramte ihr Telefon aus der Tasche, um eine Freundin anzurufen, doch konnte sie nicht erreichen. *Plötzlich springt vor ihr ein weiteres Biest aus dem Unterholz und versperrt den schmalen Pfad. Zur Linken geht es steil bergab, zur Rechten an der bewaldeten Böschung würde sie ebenfalls keine Chance auf ein Entkommen haben.*

Der Typ rannte auf sie zu und schlug ihr das Telefon aus der Hand. »Keine Bullen! Ich will doch nur...« Moira trat ihm mit ihrem Stiefel kräftig in die Eier, sodass er zusammenklappte und sich gekrümmt auf dem Boden wand. Geistesgegenwärtig schnappte sie sich ihr Telefon und rannte. *Der Regen lässt deutlich nach. Neben ihr sieht sie einen solide wirkenden Stock auf dem Boden liegen und hebt ihn hastig auf.* Sie hatte es geschafft, sich aus ihrer bedrohlichen Lage zu befreien. *Die Bestie vor ihr springt mit einem gewaltigen Satz auf Moira, die gerade noch seitlich in Richtung der Bö-*

schung ausweichen und mit dem Stock abwehren kann. Moiras Feuer ist entfacht und springt auf den Stock über. Noch immer ist sie zwischen den üblen Kreaturen gefangen, doch meint sie, diesen auch etwas Respekt vor der Flamme anzumerken. Ein Hieb nach der vorigen Angreiferin lässt diese zurückweichen und ermöglicht es Moira, an ihr vorbei zu kommen, sodass sie die Biester nun auf einer Seite hat. Eines der Mäuler schnappt nach ihr, bekommt dafür die lodernde Flamme zu schmecken und zuckt jaulend zurück. Moira setzt einige Hiebe nach und geht dabei entschlossen auf die Bestien zu, die sich von dem Feuer zurückdrängen lassen, schließlich umwenden und mit riesigen Sprüngen davonhasten.

Noch immer ist sie unsicher, was gerade passiert ist, und hat keine Vorstellung wo sie sich hier befindet. Doch ihr ist bewusst geworden, dass dieser Ort Macht über sie hat. Nun spürt sie aber auch, dass sie Macht über diesen Ort hat, erahnt die Wechselwirkung zwischen ihren Gedanken und Stimmungen auf der einen und dem Wetter und der Umwelt auf der anderen Seite. Während der Stock erlischt, den sie nun zu Boden sinken lässt, entfacht ein Funke Neugier in ihr, den Geheimnissen dieser Gedankenwelt (falls es das ist) auf den Grund zu gehen. Mit der Ergründung dieses Ortes würde sie sicher auch sich selbst besser ergründen, Vergangenes verarbeiten und daraus neue Kraft schöpfen können.

Doch für heute hat sie genug. Sie besinnt sich, denkt an ihr warmes gemütliches Zuhause und die lieben Menschen, die auf sie warten. Dann macht sie sich auf den Weg – im Gespür, welche Abzweigungen sie zurück bringen werden. Das Wetter ist nun wieder milder, sonnige Momente, die sich abwechseln mit vereinzelten dunklen Wolken der Erlebnisse, die ihr noch nachhängen.

Oktober

Bis in die Mittagsstunden hatte es in wechselnder Intensität geregnet. Dann kam überaschend die Sonne hervor, nur vereinzelt für einige Minuten von kleineren herumlungernden Wolken verdeckt, die dann wieder unwillig vom Wind vertrieben wurden. Lira kannte das Gefühl, wenn sie mit einer kleinen Gruppe auf einem der zahlreichen Plätze Prags oder auch mal einer anderen Stadt saß und ihr dies von aufdringlichen Betrunkenen oder, meist selbst ernannten, Hütern der Ordnung vermiest wurde. Zum Glück kannte sie einige Orte, an denen dies äußerst selten vor kam.

Heute war sie an einem, den sie besonders schätzte und – wie auch heute – fast immer allein aufsuchte. Sie liebte die Ruhe und die Möglichkeit, dem hektischen Treiben der Stadt zu entkommen. An diesem Tag war es auf dem Friedhof besonders schön. Die vielen Farben des Herbstlaubs wirkten durch die Nässe des Regens noch intensiver und die Stimmung, die über den alten Gräbern, Schreinen und Grüften lag, berührte etwas tief in ihrem Inneren. Gedankenverloren lief sie auf den Wegen und zwischen den Gräbern umher, genoss die frische Luft und die wärmenden Sonnenstrahlen auf ihrer Haut.

Sie machte es sich auf einer Bank bequem, von der sie einen guten Überblick über den hinteren Teil des Friedhofs hatte und seitlich auf eine kleine Kapelle blicken konnte. Bei längerem Sitzen würde es sicher zu kühl werden, doch war sie gut ausgestattet. In ihrem Rucksack hatte sie eine Wolldecke, warme Kleidung, reichlich Essen und Trinken, Kerzen und ein paar andere nützliche Dinge. Jetzt holte sie ihren Füller und einen Schreibblock hervor und begann einen Brief an einen Freund, dem sie schon lange hatte antworten wollen, ohne jemals die Ruhe dazu gefunden zu haben. Die Zeit verstrich. Zwischenzeitig verzehrte sie etwas von ihrem Proviant, ließ die Gedanken schweifen und tat ein paar Schritte. Nach Fertigstellung des Briefes sammelte sie einige Gedanken und Ideen in einem kleinen Buch.

Als die Schließungszeit nahte, begab sie sich in einen schlecht einsehbaren Bereich hinter der kleinen Kapelle und wartete geduldig. Nach etwa einer halben Stunde, während der es schon fast ganz dunkel geworden war, wagte sie sich wieder hervor. Zurück auf ihrem Platz würde sie gut sehen können, wenn jemand sich über den einzigen Pfad aus dem vorderen Friedhofsteil hier her begäbe. Zumindest unter der Annahme, dass diese Person nicht gänzlich ohne Licht käme, was sie für sehr unwahrscheinlich hielt.

Auch diese Stimmung mit den im mageren Restlicht schemenhaft erkennbaren Grabsteinen und den vereinzelten flackernden Lichtpunkten der Grabkerzen sog Lira in sich auf und verfiel in Träumereien. Als sie sich in Sicherheit wog, dass an diesem Abend niemand mehr hier her kommen würde, entzündete sie ihrerseits ein paar Kerzen. Sie fertigte noch ein paar Bleistiftskizzen an, die später als Vorlagen für Bilder dienen konnten, bevor sie sich für ihr Buch entschied. Es war inzwischen so kalt, dass sie ihre mitgebrachten Kleidungsstücke übergezogen und sich in die Decke eingewickelt hatte. Von den Gräbern stieg Nebel auf. Im Kerzenschein war das Lesen etwas mühsam, aber das war ihr egal. Seite um Seite verstrich die Zeit.

Als sie wieder mal einen Absatz erreicht hatte und von ihrem Buch aufblickte, sah sie weitere Lichtpunkte zwischen den Gräbern. Man hätte meinen können, dass dies eine Täuschung sei, verursacht durch die Grablichter und den Nebel. Eines dieser Lichter wanderte im Zickzack zwischen den Gräbern und dann den gewundenen Pfad hinauf in Liras Richtung. Sie legte ihr Buch beiseite und blieb ganz ruhig sitzen, auch als der sich nähernde Lichtpunkt immer mehr zu einer durchscheinenden menschlichen Silhouette wurde. Je näher er kam, desto mehr Details ließen sich erkennen, bis schließlich eine große hagere Gestalt mit Zylinder und langem Mantel vor ihr zum Stehen kam, deren Mode auch sonst ganz dem 19. Jahrhundert zu entspringen schien.

»Einen wundervollen Abend, werte Lira. Es ist mir eine Freude, dich so bald wieder hier zu erblicken.«

»Freut mich auch, Jakub, wobei es mir sehr lange vorkommt. Aber vielleicht entwickelt man andere Maßstäbe, wenn man tot ist.«

»Ja, das mag wohl wahr sein. Ich denke, es wird dich sehr erfreuen, dass es mir, trotz dieser für mich kurzen Zeit, gelungen ist, deine Großmutter ausfindig zu machen. Sie freut sich sehr, dass du an sie denkst, und sagte mir, dass sie fest an dich glaubt. Sie wünscht dir von Herzen, dass du mit deiner Kunst Erfolg haben wirst. So steinig der Weg auch sein möge, lohne es sich, an deinen Träumen festzuhalten. Das zu tun, was dich erfüllt, sei nicht in Gold aufzuwiegen. Du mögest dich glücklich schätzen, deine Berufung gefunden zu haben. Sie sei sehr stolz auf dich. Ich möchte hinzufügen, dass ich die Worte deiner Großmutter für weise halte und in diesen Punkten mit ihr gänzlich übereinstimme.«

Lira liefen Tränen über die Wangen und ein leichtes Lächeln lag auf ihrem Gesicht.

»Danke. Und falls du meiner Großmutter erneut begegnest, richte ihr bitte ebenfalls meinen Dank aus. Es bedeutet mir sehr viel, das zu hören – umso mehr, da es von ihr kommt – und es wird mir bestimmt helfen, wenn ich wieder mal an mir zweifle.«

Nach einigen Momenten, die sie sich so gegenüberstanden, fügte sie hinzu: »Ich habe ebenfalls etwas für dich. Es war nicht leicht aufzutreiben und ich hoffe sehr, dass es das Richtige ist.« Sie nahm etwas aus der Seitentasche ihres Rucksacks und hielt es ins Licht.

»Ja, das ist sie! Ich spüre es. Ich glaubte kaum daran, dass du sie nach 150 Jahren aufspüren würdest. Ich hätte sie niemals versetzen dürfen. Kannst du sie bitte einmal umdrehen? Ja. Und siehst du dort an der Seite die kleine Öffnung?« Lira drückte ihren Fingernagel in die unscheinbare Vertiefung und mit einem Klicken sprang die Rückwand der Uhr auf der Seite der Vertiefung ein Stückchen hervor. Nun ließ sie sich aufklappen und zum Vorschein kam eine kleine, dem Rund der Uhr angepasste, Fotografie einer Familie. Nun rannen Jakub Tränen über das Gesicht.

Schweigend gingen die beiden nebeneinander her in die Richtung, aus der Jakubs Erscheinung gekommen war. Schließlich standen sie an einem kleinen, verwitterten Grabstein, auf dem sich mit Mühe noch die Inschrift »J. Veselý« entziffern ließ. Lira kniete sich davor, schob einen kopfgroßen Stein beiseite, grub darunter mit ihren Händen ein Loch in das kalte, feuchte Erdreich, legte die Uhr vorsichtig hinein, schloss das Loch wieder und platzierte sorgfältig den Stein darüber.

»Ich kann meiner Dankbarkeit gar nicht genug Ausdruck verleihen. Du hast mich befreit. Doch auch, wenn es bedeutete, über ein Jahrhundert an diesen Ort gefesselt zu sein, bin ich froh, deine Bekanntschaft gemacht zu haben. Nun werden wir uns hoffentlich ebenso lange nicht mehr begegnen. Danke und auf Wiedersehen!«

Während Jakubs Umrisse allmählich verblassten, sagte Lira mit belegter Stimme: »Es hat mich auch sehr gefreut. Auf Wiedersehen!«

Lange stand sie noch alleine vor dem alten Grab, dann packte sie ihre Sachen zusammen, kletterte mühsam über die Friedhofsmauer und machte sich auf den Heimweg.

November

Prasselnder Regen. Immer wieder heftige Windböen, die das kalte Wasser unbarmherzig in das Gesicht der kleinen Person peitschen, die die Kapuze ihres gelben Regenmantels mit der von Kälte geröteten linken Hand so tief wie nur irgend möglich in das Gesicht zieht. In steilem Winkel lehnt sie sich gegen den Wind, um fast schon torkelnden Schrittes in Richtung der kleinen Hütte vorzudringen, die noch in etwa einem Kilometer Entfernung am Rande der Steilküste liegt. Gelber Lichtschein dringt, im Kontrast zum Dunkel und Grau, aus den Fenstern. Der Pfad verläuft am Rande der Klippe, zur Linken das tobende Meer. Die kleine Gestalt schreitet mühsam, doch unaufhaltsam, voran, mit der Rechten etwas in der Manteltasche fest umschlossen.

Die Tür fällt krachend ins Schloss und aus dem gelben Mantel schält sich ein etwa zehnjähriges Kind.

»Ich habe, was du suchst.«

Die Angesprochene hebt ihren Blick von den, auf dem Tisch ausgebreiteten, Papieren.

»So? Und du erwartest sicher eine angemessene Entlohnung. Sollst du haben. Mehr als das. Doch muss ich dich vorher noch um eine weitere Sache bitten. Zunächst zeig her, was du mir gebracht hast. Ich muss sehen, ob es das Richtige ist.«

Langsam geht das Kind zum Tisch, stellt sich an die der immer noch sitzenden Frau gegenüberliegende Seite und legt eine Muschel vor sich ab: Ein Horn mit sieben Windungen, so lang wie der Zeigefinger des Kindes.

»Ja, das ist es.«, sagt die Frau langsam und ruhig, doch gelingt es ihr nicht vollends, ihre Aufregung zu verbergen.

»Siehst du die türkisen Linien entlang der Windungen? Wenn du dir die Muschel zuvor genau betrachtet hast, wirst du wissen, dass sie anfangs nicht sichtbar waren. Daher weiß ich, dass du mir das Richtige gebracht hast.«

Damit sagt sie die Wahrheit, doch behält die Frau einiges Weitere für sich.

»Der Pfad, dem du folgtest, macht von hier noch sieben Windungen – Zufall! –, dann verläuft er dicht an einer alten sturmgezeichneten Buche vorbei zur Linken. Doch gehst du rechts um den mächtigen Stamm herum, wirst du steinerne Stufen finden, die herab führen zu einer Höhle, die das Meer über abertausende

Jahre in den Fels gespült hat. Dort haust ein böser Geist, der zur Strafe für seine zahlreichen Vergehen nach dem Tod an diesen Ort gebunden wurde. Ihn musst du rufen – doch ängstige dich nicht: Ich werde dir sagen, wie du ihn unter deine Kontrolle bringen kannst. Ein wenig deines Blutes, ein Tropfen genügt, auf die Felsen, auf denen dieser Seemann übelster Sorte zu Tode kam, kann dem Geist Kraft geben, in Erscheinung zu treten. Doch dann würde der verdorbene Charakter diese Kraft nutzen, Unheil anzurichten. Die Muschel, die du mir brachtest, war ihm einst sehr wichtig. Steche dir mit der Spitze der Muschel in den Finger und lasse das Blut über die Windungen hinab gen Boden tropfen, so bindest du ihn und hast Macht über die Erscheinung. Er ist trickreich und voller Lügen, daher lasse ihn dich nicht mit Worten täuschen. Frage ihn, wo er die Mahagonischatulle versteckt hat und erlaube ihm keine Ausflüchte. In der Schatulle befindet sich etwas, mit dem ich ihn von dieser Welt bannen kann, sodass er nie wieder Unheil anrichten wird.«

Das Kind folgt der Beschreibung, bis es über glitschige Steinstufen hinab in die Grotte kommt. Die Brandung bricht sich dort an der zackigen Felsenkante. Darüber klafft ein Loch in der Höhlendecke, wie ein gigantisches Auge, das gelegentlich von einem Blitz erhellt grell blinzelt. Von dort oben muss der Seemann in den Tod gestürzt sein. Das Kind sticht sich mit der Muschel in die Kuppe des Zeigefingers und tropft das Blut auf besagte Stelle. Einen Moment geschieht nichts. Es kehrt gar Ruhe ein. Dann kommt ein säuselnder Wind auf und erhebt sich zu einem gewaltigen Brausen. Aus diesem wird bald ein Brüllen, erfüllt von Schmerz und Wut, das von den Grottenwänden widerhallt und das Kind ängstlich zusammenkauern lässt. Doch dem Gedanken an Flucht gibt es auch dann nicht nach, als sich vor ihm auf den Felsen ein Leuchten allmählich zu einer Gestalt ausformt. Da steht der Seemann. Als er gänzlich in Erscheinung getreten ist, verstummt sein Brüllen und er sieht sich in der Grotte um. Schließlich fixiert er das Kind mit durchdringendem Blick.

»Ich weiß, wer dich schickt. Nach all den Jahren will sie ihr Werk vollbringen. Doch du hast keine Macht über mich.«

Das Kind nickt.

»Dafür hätte ich das Blut über die Muschel rinnen lassen müssen, wie es mir die Frau im Haus an der Steilküste aufgetragen hat. Das lag nie in meiner Absicht, doch verriet sie mir auch, wo ich dich finden kann. Sieh genau hin. Vielleicht erahnst du, wessen Kind ich bin.«

Nach einer Weile erhellt sich die Miene des Seemanns.

»Kann das wirklich sein? Mein Liebster hat ein Kind?«

Eine Träne rinnt über seine Wange.

»Dass er noch solches Glück finden konnte, nimmt mir eine bleierne Last vom Herzen. Weiß er, dass du hier bist?«

Kopfschütteln. »Er erzählt oft von dir und wie glücklich ihr wart, bis zu deinem plötzlichen Verschwinden. Wie er überall suchte, doch keine Spur von dir fand. Bei einem meiner Spiele entdeckte ich in einem der alten Logbücher einen Vermerk über eine seltsame Mahagonischatulle und fand heraus, dass die Frau im Haus an der Steilküste ganz versessen darauf war, sie in ihre Finger zu bekommen. Da begann ich, weitere Nachforschungen anzustellen und nun bin ich hier.«

Nach einem schlichten, doch mit Bedacht gesprochenen Wort des Dankes entsteht eine Pause, in der der Seemann hörbar Atem holt.

»Ja. Ich habe die Schatulle damals versteckt, damit sie nicht in falsche Hände gerät. Doch nun weiß ich, dass das ein Fehler war. Die Schatulle gehört zurück in das Meer. Die Frau folgte mir damals und stellte mich hier über der Grotte, um das Versteck der Schatulle aus mir herauszupressen. Es kam zu einer Rangelei und schließlich stieß sie mich herab in den Tod. Noch immer trachtet sie nach der Macht, die in der Schatulle verborgen liegt, doch darf sie sie niemals in die Hände bekommen. Versprich mir, dass du die Schatulle ins Meer wirfst und ich verrate dir das Versteck.«

Der Regen hat nachgelassen und auch der Wind ist abgeflaut. Mit der geheimnisvollen Mahagonischatulle unter dem gelben Regenmantel macht sich das Kind auf, vom etwas landeinwärts gelegenen Versteck das Meer zu erreichen. Es ist müde und seine Füße sind kalt, doch ist es fest entschlossen, die Sache zu Ende zu bringen. Da hält es einen Moment in seinem Schritt inne. Geht da jemand hinter ihm oder sind das nur die Geräusche der eigenen Schritte, die sich in der Stille merkwürdig fortsetzen? Nichts. Es setzt den Weg fort und da ist es wieder. Es beschleunigt seinen Schritt und auch die Schritte hinter ihm scheinen schneller zu werden. Nun klingen sie schon schneller als die eigenen.

Das Kind rennt los, so schnell es kann. Als es sich irgendwann zu einem Blick über die Schulter hinreißen lässt, erlangt es Gewissheit: Die Frau ist ihm gefolgt und nun dicht auf den Fersen. Weiter. Die Arme und Beine, ja den ganzen Körper, so bewegen, als hätte es nie etwas anderes gemacht als rennen. Wieso geht das nicht schneller?

Das Blut pocht in den Ohren. Fällt die Frau zurück oder ist sie vielleicht schon auf Armeslänge heran? Ein weiterer Blick nach hinten. Der Abstand hat sich nicht wesentlich verändert, doch da bleibt das Kind mit dem Fuß an etwas hängen, geht zu Boden, schleudert bei dem Versuch, sich zu fangen unbeabsichtigt das kleine Kästchen in weitem Bogen voraus und rutscht schmerzvoll über den unebenen Untergrund.

Es rappelt sich auf, ignoriert dabei so gut es geht den Schmerz, der durch sein Knie fährt und ohnehin den Schmerz zahlreicher weiterer Blessuren überdeckt. Schon ist die Frau heran, greift nach dem Kind, um es unsanft nach hinten und sich an ihm vorbei zu ziehen, doch es entwindet sich dem Griff, hastet zur Schatulle, hebt diese im vollen Lauf auf, die Verfolgerin dicht auf den Fersen.

Jäh tut sich die Klippe und die Weite des Meeres vor ihnen auf. Die letzten Meter sind rasch überwunden und das Kind holt zum Wurf aus, doch ergreift die Frau in diesem Moment die Schatulle. Es kommt zu einem Gerangel, bei dem vier Hände die Schatulle fest umkrallen. Die Frau tritt nach dem Kind, doch kann dieses mit einer Drehung der größten Wucht des Tritts entkommen und gleichzeitig die Schatulle so mitdrehen, dass sie sich dem Griff der Frau entzieht und diese ins Schwanken gerät. Der Wurf des Kindes prallt am greifenden Arm der Frau ab, die nun gefährlich nah an der Kante steht und mit verzweifelter Wut das begehrte Stück doch noch zu fassen versucht, es schafft, mit dem rechten Fuß über die Klippe tritt, strauchelt und nach einem endlos erscheinenden Augenblick in die Tiefe stürzt. Der Schrei wird jäh von einem dumpfen Aufprall unterbrochen und als das Kind vorsichtig an die Kante heran tritt, erblickt es unter sich nur die Felsen und das Meer, das Frau und Mahagonischatulle wohl verschluckt hat. Es steht ein paar Atemzüge erschöpft und unsicher da, als es einen auffrischenden Wind aus Richtung der Grotte bemerkt. Vielleicht ist es nur Einbildung, doch meint es in dem Brausen wie von weiter Ferne immer wieder die Worte »Danke«, »ewig« und »frei« zu vernehmen, bis der Wind weiter erstarkt und das Kind nur noch sein Rauschen und Pfeifen wahrnimmt.

Dezember

Mir ist kalt. Es ist mein erster Winter hier, aber ich hörte, dass es die nächsten Monate noch kälter werden würde.

Gestern wurde ich geschubst und angespuckt. Drei Männer waren es und eine Frau – alle zumindest leicht angetrunken. Jemand trat nach mir. Das war gegen 18 Uhr am Platz vor dem Hauptbahnhof, den ich auf meinem Weg zur Unterkunft passierte. Um uns herum viele Menschen – einige schauten, einige gingen rasch weiter. Leider mischte sich dieses Mal niemand ein oder holte Hilfe. Nach einigem hin und her gelang es mir, davonzulaufen. Meine Peiniger waren zum Glück nicht in der Stimmung, mich zu verfolgen.

Heute waren es nur die üblichen finsteren Blicke, der abweisende Ton der Kassiererin im Supermarkt und sonstiges Alltägliches. Schlimmeres als gestern habe ich glücklicherweise noch nicht erleben müssen, doch habe ich schon viel von anderen gehört, das mir ernsthaft Sorgen bereitet. Die gelegentlichen freundlichen Blicke oder ein Lächeln auf dem Gesicht eines Passanten helfen, mich nicht nur unerwünscht zu fühlen und tragen mich durch den Tag – neben meinen Träumen und Zielen natürlich. Ich möchte ein Zuhause finden, arbeiten, mir meinen Platz verdienen und meine Familie unterstützen. Vor dem Krieg habe ich mein Geld mit Worten verdient, doch wie soll das gehen in einer fremden Sprache, die ich bisher kaum beherrsche? Aber so hoch sind meine Ansprüche gar nicht. Im Moment würde ich so ziemlich jeden Job machen, der ein bisschen Geld einbringt und mir eine Beschäftigung bietet. Leider hat man mir bisher noch nicht erlaubt, zu arbeiten und manchmal habe ich Angst, dass sich das nie ändern wird oder, schlimmer noch, ich irgendwann gezwungen werde, zurückzugehen. Nach allem, was ich auf mich genommen habe und was meine Familie geopfert hat, damit ich es hierher schaffe, weiß ich nicht, wie ich das verkraften sollte. Zum Glück sieht es derzeit nicht danach aus und ich bin sehr dankbar für die Unterkunft und Versorgung. Es ist kein Zuhause, aber es ist ein Anfang und ich lerne hier viele andere kennen, denen es ähnlich geht wie mir.

Ich stecke die Hände tiefer in die Jackentaschen und beschleunige meinen Schritt, um endlich wieder ins Warme zu kommen. Es ist etwa 21 Uhr und schon vor Stunden wurde aus trübem Tag finstere Nacht. Das kalte Licht der Straßenlaternen unterstreicht die ungemütliche Stimmung noch. Es ist kaum jemand auf den Straßen, selbst Autos fahren hier nur gelegentlich. Daher fallen mir die Frau und die beiden Männer um so mehr auf, die mir auf dem Bürgersteig entgegenkommen. Was für ein Pech, es handelt sich ausgerechnet um die Gruppe von gestern, wenn auch um einen weniger. Sofort wechsle ich die Straßenseite, senke den Blick und hoffe inständig, dass sie mich nicht bemerken. Als einer von ihnen etwas für mich Unverständliches grölt, zucke ich zusammen. Galt das mir? Nun fangen auch die anderen beiden an, in aggressivem Ton zu rufen. Ich wage nicht, mich nach ihnen umzusehen, will sie nicht weiter anstacheln. Schnellen Schrittes gehe ich weiter, bereit, jeden Augenblick loszurennen. Als die Rufe lauter werden und, wie ich fürchte, näher gekommen sind, blicke ich mich doch um. Die drei sind mir tatsächlich gefolgt, laufen achtlos über die Straße und auf mich zu. Als sie meinen Blick sehen, werfen sie mir neben den harschen Worten noch Drohgebärden entgegen. Ihre Schritte werden schneller. Eine Bierflasche fliegt und zerschellt neben mir an der Bordsteinkante. Ich renne los. An ihren Rufen und den Geräuschen schwerer Schuhe auf Asphalt merke ich, dass sie diesmal die Verfolgung aufgenommen haben. Ich kenne mich hier noch nicht gut aus, doch schätze ich meine Chancen, sie abzuschütteln am besten ein, wenn ich viele Richtungswechsel mache, bei denen sie vielleicht Zeit verlieren, um die von mir gewählte Richtung zu finden. Die ersten Häuserecken bleiben sie dicht hinter mir. Ich merke die Anstrengung und die kalte Luft schmerzt in meiner Nase und meinen Lungen, doch werde ich das Tempo noch eine Weile halten können – wenn es sein muss auch noch einen Sprint hinlegen. Ein Blick nach hinten bestätigt mir, dass die Verfolger noch nah sind, aber der Abstand sich bereits vergrößert hat. Da erreiche ich die nächste Öffnung in der Häuserfront und biege rechts um die Ecke, doch stelle ich gleich fest, dass es keine Straßenkreuzung, sondern ein Hofdurchgang ist, den ich genommen habe. Ich hoffe, es gibt einen weiteren Ausgang, sonst war das ein großer Fehler.

Mist! Rundherum Häuser. Keine Zeit mehr, umzukehren. Gehetzt sehe ich mich nach einem Versteck um und entscheide mich für die Ecke hinter den Mülltonnen, in der ich mich zusammenkauere. Wenig später hallen die Schritte meiner Verfolger von den Wänden des Hofeingangs wider, werden langsamer und das Rufen setzt von Neuem ein. Ich meine etwas wie »Wir wissen, dass du hier bist!« und »Uns entkommst du nicht nochmal!« zu verstehen und dann noch Etliches, in dem sie umschreiben, dass sie mich bluten sehen wollen und mir degradierende, entmenschlichende Begriffe zuschreiben. Ich sitze in der Klemme, mache mich darauf gefasst, durch sie hindurch zu brechen, doch alleine gegen drei sind meine Chancen eher gering.

Ich spähe vorsichtig um die Ecke. Ein Mann bleibt am Eingang, die Frau und der andere Mann sehen sich im Hof nach mir um. Sie lassen sich Zeit – kosten die Situation regelrecht aus, geben sich gegenseitig mit ihren Sprüchen und darauf folgendem Gelächter Bestätigung. Da ertönt eine neue Stimme, ein lautes »Ey!«, dann noch mehr Stimmen und alles geht durcheinander. Bei einem erneuten vorsichtigen Blick aus meinem Versteck sehe ich fünf junge Leute, die sich ein heftiges Wortgefecht mit meinen Verfolgern liefern und diese nach und nach unter wüsten Beschimpfungen und Geschubse in einen Hauseingang drängen.

Vorsichtig wage ich mich hinter den Mülltonnen hervor. Eine Person winkt mich heran, redet ruhig auf mich ein. Die anderen diskutieren untereinander, was sie nun mit den Dreien machen sollen. Ich verstehe wieder nur Bruchteile, doch reime mir Manches zusammen. Es ist von Polizei die Rede und dass das doch nichts bringe, nur Ärger gebe und die ja sowieso nichts tun würden. Meinen finster dreinschauenden, aber nun nicht mehr so vorlauten Verfolgern wird mit Drohen und harten Worten klar gemacht, dass sie verschwinden sollen. Nach einigem weiteren Geschubse wird es ihnen ermöglicht, durch den Hauseingang abzuhauen. Diesmal sind sie es, die hastig davonstürmen.

Die fünf, die mich gerettet haben, laden mich ein, ihnen zu folgen, sammeln vor dem Hofeingang noch einen Einkaufswagen ein, der mit Bierkästen, Chips und Ähnlichem beladen ist, und stellen sich mir auf dem Weg mit Namen vor. Es wird klar, dass drei von ihnen zusammen wohnen und diesen Abend eine kleine WG-Feier bei ihnen stattfindet. Dorthin nehmen sie mich mit, stellen mich den übrigen Mitbewohnenden und ein paar Gästen vor und erzählen so manches Mal, was sich vorhin zugetragen hat. Mir steht der Sinn überhaupt nicht nach Feiern, doch trinke ich aus Höflichkeit ein Bier mit und ziehe sogar mal an einer Tüte, obwohl ich das sonst eigentlich nicht mehr mache. Mir ist der Trubel zwar ein bisschen zu viel, doch bin ich überaus dankbar für die unerwartete Hilfe und die freundliche Einladung.

Zudem tut es sehr gut, von so vielen Menschen so wohlwollend und freundlich aufgenommen zu werden und ich finde sogar die Gelegenheit, mit einem gebrochenen Sprachengemisch ein paar etwas ruhigere Gespräche zu führen. Als ich dennoch recht bald klar mache, dass ich gerne zurück in die Unterkunft möchte, bestehen sie darauf, mir ein Fahrrad zu leihen, verabschieden mich herzlich und laden mich zu einem Kochabend erneut zu sich ein. Ich will nur ins Bett und mich verkriechen, doch freue ich mich riesig über die Einladung und die Gelegenheit, diese lieben Menschen näher kennen zu lernen.

Kommt und holt sie

Oft fragte man mich nach den Ereignissen, welche es vermochten, das Königreich jener weit zurückliegenden Tage derart zu erschüttern. Nun möchte ich euch eine Geschichte erzählen, den dunklen Schleier, der sich über diese Zeit gelegt hat, etwas zu heben.

Vor vielen Jahren in einem großen Land voller Reichtümer lebte und regierte ein weiser König. Dieser König war sehr beschäftigt und beredete sich tagein, tagaus mit den anderen wichtigen Männern (ja, es waren damals tatsächlich nur Männer) seines Landes und auch anderer Länder, hielt bedeutende Reden und traf Entscheidungen mit weitreichenden Auswirkungen. Er herrschte, plante, regierte.

Seine Gemahlin ward wenige Winter zuvor von einer schweren Krankheit dahingerafft, doch hatte sie ihm ein Töchterlein hinterlassen. Selbstverständlich hatte der König keine Zeit für solch' Belanglosigkeit wie die Kindererziehung zu verschwenden, doch hatte er treue Untergebene zu genüge, diese Tätigkeit zu besorgen.

Eines schönen Sommers wurde wieder einmal ein großes Fest zu Ehren weitgereister Gäste gehalten. Zu diesem Fest waren viele hohe Herren geladen und in ihrer Begleitung übertrumpfte eine kostbare Garderobe die nächste. Nicht recht zu den übrigen Gästen passen wollte ein buckliges altes Weib, von dem niemand zu sagen wusste, warum sie geladen war. Jene, die es wagten, sich der schrulligen Alten zu nähern, zogen sich nach einem giftigen Blick rasch wieder zurück. Im Großen fiel die Alte jedoch nicht weiter auf.

Es war ein gar herrliches Fest voll feinster Gesellschaft, die Belanglosigkeiten und geheuchelte Gunstbekundungen austauschte. Hinter vorgehaltener Hand wurde auf die eine oder andere Weise am Ruf Dritter gearbeitet. So wurde Politik gemacht. Auch der König hatte hier einigen amtlichen Verpflichtungen nachzukommen. Von besonderer Bedeutung war es dabei, seinen Großvetter dritten Grades, zufällig ein Vertreter eines mit besonders fruchtbaren Böden gesegneten Nachbarlandes, von der Güte des hiesigen Rotweins zu überzeugen.

Ungeachtet dessen tobte die Königstochter ausgelassen ihrer besten Freundin Minka hinterher. Mit Minka erlebte sie die größten Abenteuer und fegte wie ein Wirbelwind durch das gesamte Schloss. In diesem Fall ging es durch den großen Festsaal, über Bänke hinweg und unter Tischen hindurch. Der ausladende Rock einer Edeldame diente bald als Versteck, dann hasteten die beiden durch eine erschrockene Gruppe fremdländischer Edelmänner. Doch bald endete die wilde Hatz abrupt, als die junge Prinzessin – gegenüber ihrer vierpfotigen Freundin im Nachteil – auf dem glatten Marmorboden das Gleichgewicht verlor und heftig gegen eben jenen wichtigen Großvetter des Königs stieß. Dieser konnte nicht umhin, als den tiefroten Inhalt seines Glases über seine Abendgarderobe zu ergießen und – entbrannt über die infame Unverschämtheit des Balges – eben diesen tiefroten Farbton im Gesicht anzunehmen.

Doch zugleich war der Haushofmeister zustelle. Er genoss in seiner Position höchstes Ansehen, da er den Haushalt mit eiserner Hand regierte. Diese erhob er nun gegen das ungehörige Kind, um ihm die teuflische Umtriebigkeit aus dem Leib zu prügeln. Der König hingegen bedachte seine Tochter lediglich mit einem kurzen strafenden Blick und versuchte alsdann das geschehene Unglück mit honigtriefenden Worten und zahlreichen rasch herbei gewunkenen Bediensteten einzudämmen.

Sieben Tage später (vielleicht waren es auch weniger, doch so ist es überliefert) gab es ein großes Geschrei, denn als die Bediensteten an jenem Morgen die Gemächer der jungen Prinzessin aufsuchten, fanden sie diese leer vor. Um ehrlich zu sein, konnte man zunächst gar nicht von Geschrei sprechen – aus zweierlei Gründen: Die Bediensteten hatten Angst für das Verschwinden der Prinzessin verantwortlich gemacht zu werden und entschieden, der Sache erst einmal selbst auf den Grund zu gehen, zudem hatte sich die junge Dame auch zuvor das ein oder andere Mal unbemerkt und unerlaubt aus ihren Gemächern gestohlen. Es wurden also zunächst die üblichen Orte überprüft (die Küche, die Stallungen, die Bibliothek), dann die weniger üblichen (der Speicher, das Verlies, der Schlossgarten) und schließlich die ganz und gar unüblichen (der Brunnenschacht, das Ballettzimmer, die Bärengrube). Dabei wurden mehr und mehr Leute herangezogen: Die Köche, der Stallmeister, der Bibliothekar und so fort. Die immer größer werdende Unruhe wurde jedoch erst zum Geschrei, als der Haushofmeister und schließlich der König selbst Wind von der Sache bekamen. Welche Köpfe rollten und ob dies wörtlich zu verstehen ist, wurde nicht überliefert.

Die Soldaten des Königs wurden ausgeschickt, die gesamte Gegend nach der Prinzessin zu durchsuchen. In der Stadt wurde jedes Fass umgedreht, jede Decke gelüftet und jede Truhe durchwühlt. Man glaubte zwar nicht daran, dass es jemand dort gewagt haben könnte, sich mit der Königsfamilie anzulegen, aber die Maßnahme wurde für nötig gehalten, um dafür zu sorgen, dass dies auch in Zukunft so bliebe.

Derweil hatte der König seine Berater einberufen und es wurde beratschlagt, welcher politische Gegner hinter der Entführung stecken könnte und welcher Zweck wohl dahinter stünde. Es schien klar: Das Leben des Königs höchstselbst war in Gefahr, denn nach seinem Ableben könnte die Kontrolle seiner einzigen direkten Erbin den Weg zum Thron ebnen. Die Bewachung des Königs wurde derart erhöht, dass es ihm wohl nicht mal selbst gelungen wäre, sein Ableben herbeizuführen.

Auch unter dem Volk fand das Gerede keinen Abbruch und es gab so allerlei Verdacht, Beschuldigung und üble Nachrede. Dabei fanden die Stimmen gegen die böse Alte, die in einem finsteren Turm hauste, am meisten Gehör. Der ein oder andere habe sie gesehen oder eben nicht gesehen – was besonders verdächtig schien. Viele wussten zu berichten, dass sie eine Hexe und mit teuflischen Mächten im Bunde sei und auch in vergangenen Tagen schon Fluch und Unheil über unbescholtene Bürger gebracht habe. Schließlich gelangten diese Stimmen auch an des Königs Ohr. In der Beraterrunde hielt man es darüber hinaus für wahrscheinlich, die Alte könne im Auftrag des Feindes gehandelt haben.

Doch wer würde es wagen, sich dem Turm der Hexe auch nur zu nähern? Es verlangte nach wahren Helden und edlen Rittern. So wurde eine große Turnei ausgerufen. Bei dieser wurde der Auftrag des Königs kundgetan und im ritterlichen Wettkampf die Reihenfolge, in der das Unterfangen bestritten werden durfte, bestimmt. Die Quest war klar und deutlich – sollte sie doch auch zu behelmten Ohren vordringen können – und lautete wie folgt: Wer es schüfe, die Prinzessin aus den Klauen der finsteren Mächte zu entreißen, sei auserkoren, um ihre Hand anzuhalten. Die Teilnahme am Turnier war selbstverständlich geladenen Edelmännern vorbehalten, die das Königshaus als zumindest akzeptable Thronfolger wähnte.

Unter viel Geschepper und Geklirr, welches so manchem Harnischmacher eine goldene Nase bescheren sollte, tat sich alsbald ein Sieger hervor: Der gefürchtete Schwarze Adler (denn dies war sein Wappentier). Er war groß und stark und schnell, sein Scharfsinn gefürchtet, seine geschwärzte Plattenrüstung nahezu undurchdringlich und wer sich ihm in den Weg zu stellen wagte, konnte zumindest mit dröhnenden Kopfschmerzen rechnen. Unter Fanfaren und Jubel zog der Schwarze mit seinem Gefolge aus. Der Aufbruch erfolgte unmittelbar, denn schon vor der Tjost hatte der siegesgewisse Ritter seine Mannen mit der Vorbereitung der Reise betraut. Die kleine Reiterschar galoppierte durch das Stadttor und in Windeseile über eine sanfte Hügelkuppe in den dichten, düsteren Wald hinein. Als sie den Blicken der Menge entschwunden waren, verlangsamten sie ihr Tempo sogleich – der Eitelkeit war genüge getan und nun galt es die Pferde für die Reise zu schonen.

Am ersten Tag ihrer Reise kam die kleine Gruppe, trotz des Wirrwars an Wegen und der Schwierigkeit, sich im finsteren Forst zu orientieren, gut voran, denn alle nötigen Erkundigungen waren eingeholt worden und ausreichend Kartenmaterial vorhanden.

Die Nacht verbrachte die Schar in einem kleinen Gasthaus. Am zweiten Tag setzten sie ihre Reise gut erholt fort, bis sie gegen Mittag eine Brücke erreichten. Ein reißender Strom hatte sich hier tief in die Landschaft geschnitten, sodass sich weit und breit keine andere Möglichkeit der Überquerung bot. Die Brücke erwies sich als ein beachtliches Konstrukt aus mächtigen Balken und erstreckte sich gut ein Dutzend Schritt über den klaffenden Abgrund. Zu seinem Verdruss musste der edle Ritter jedoch feststellen, dass einige der Querbalken aus der Brücke geschlagen waren. Ihre geborstenen Überreste konnte man teils noch zwischen den scharfen Felskanten aus dem Wasser am Grund der Schlucht ragen sehen. Für die kleine Reiterschar bildete die Kluft zwischen den beiden Seiten nun ein unüberwindbares Hindernis. Nicht jedoch für ihren unerschrockenen Anführer, denn er war groß, stark, schnell und mutig und sein Rappe war dies ebenso. Während das Gefolge noch zögerlich und ängstlich die Schlucht begutachtete und ihre Pferde nervös die Hufe scharrten, riss der Schwarze jäh sein Ross herum und stürmte in gewaltigem Galopp auf die Brücke. Mit einem mächtigen Satz waren Reiter und Ross über das Hindernis hinweg und hatten sicher die andere Seite erreicht. Der Ritter blickte noch einmal zu seinem Gefolge und

hob die eiserne Faust, dann war er auch schon davon. Die übrige
Schar machte sich auf den langen und beschwerlichen Weg die
Klippe entlang gen Süden, in der Hoffnung, irgendwann eine
sichere Möglichkeit der Überquerung zu finden. Dies konnte jedoch Tage des Aufschubs bedeuten. Auf der anderen Seite setzte
der berüchtigte Held seinen Weg eisern fort. Der Wald schien hier
noch düsterer und bedrohlicher zu werden. An ein Durchdringen des Dickichts jenseits der immer schmaler werdenden Pfade
war nicht zu denken und immer häufiger musste auch der Weg
von Dornenhecken oder herabgefallenen Ästen befreit werden.
Als das Licht des Tages allmählich ganz entschwand, wurde eine
trostlose Rast abgehalten, bis sich erneut der trübe Dämmerzu-
stand des Tages einstellte. So ging es voran, bis schließlich ein
riesiger Baumstamm das Vorwärtskommen gänzlich blockierte.
Da der Ritter unter keinen Umständen gewillt war seine Unter-
nehmung abzubrechen – dies wäre für ihn dem Eingeständnis
einer Niederlage gleichgekommen – ließ er sein Pferd zurück und
erklomm das Hindernis, um auf der anderen Seite den Weg zu
Fuß fortzusetzen.

Im weiteren Verlauf wurde der Boden weicher und der Wald
wieder lichter, bis am vierten Tage jeder Schritt von einem feuch-
ten Schmatzen begleitet war und der schwer Gerüstete immer
tiefer im modrigen Untergrund versank. Ein schweflig übles Moor
hatte sich vor dem furchtlosen Reisenden aufgetan. Kraft seines
scharfen Verstandes kam der erfahrene Recke rasch zu dem Ent-
schluss, dass ein weiteres Voranschreiten in voller Gefechtsmon-
tur einem Todesurteil gleich käme. So entledigte er sich seines
Helms, seines Harnischs, seiner eisernen Arm- und Beinkleider
und der glänzend schwarzen Metallstiefel. Zum Vorschein kam
nach und nach, ganz im Kontrast zum dunklen Rüstzeug, die
von Sonne so viele Jahre unberührte Haut. Seinen Weg setzte
der Ritter im schwarzen Unterkleid und schwarzen Socken fort.
Bloß sein langes Schwert, mit dem er seine Feinde niederzustre-
cken gedachte, hatte er noch geschultert. Mürrisch kämpfte er
sich durch die menschenfeindliche Sumpflandschaft. Das wenige
durch das Blätterdach dringende Licht reichte bereits, um unangenehm auf seiner Haut zu brennen. Die Mücken waren jedoch
noch unerträglicher – wie eine dichte surrende Wolke umschwirr-
ten sie seinen Kopf und bald war sein gesamter Körper von roten
Stichen übersät. Als die Dunkelheit hereinbrach, ließ er sich
erschöpft gegen den knorrigen Stamm eines alten Baumes nieder,
doch gelang es ihm in dieser Nacht nur kurz in einen leichten un-

ruhigen Schlaf zu sinken. Mit dem ersten Licht brachte er wieder Leben in seine schmerzenden Glieder und setzte den trostlosen Marsch fort. Trotz aller Widrigkeiten war er sich eines letztendlichen Triumphes gewiss und dachte nicht einen Augenblick an ein Scheitern. So erreichte er am späteren Nachmittag allmählich wieder festere Gefilde. Schlammverschmiert und geschunden erlaubte er sich schließlich doch ein von grimmer Entschlossenheit zeugendes Grinsen. In seinem Streben, als der größte Held aller Zeiten besungen zu werden, entschied er, bis spät in die Nacht hinein voranzuschreiten, um sein Ziel baldmöglichst zu erreichen. Es war nicht leicht, den Weg in der Dunkelheit des Waldes zu erkennen, doch vertraute der Ritter voll und ganz seinen adlergleichen Augen und setzte zielstrebig einen Fuß vor den anderen. Mag die Dunkelheit oder die Erschöpfung seines bis zum letzten geschundenen Körpers ursächlich gewesen sein, die Reise des tapferen Ritters fand baren Fußes in einer Bärenfalle ihr jähes Ende.

Unterdessen wartete der König ungeduldig auf Nachricht über den Fortschritt der Mission, bis er sich am siebenten Tage entschloss, den Zweiten des Turniers nach seiner Tochter auszusenden. Die Rote Schwalbe war seines Wappens gerecht im ganzen Land für ihre Schnelligkeit und ihre tödlichen Reflexe bekannt. In Windeseile machte dieser edle Rittersmann sich auf und davon, entschwand in den Wirren des Waldes und ward nimmer wieder gesehen. Oft wird das Schicksal der Roten Schwalbe als warnende Lehre an Kinder weitergegeben, die sich übereifrig und überhastet in ein Wagnis stürzen wollen.

Wiederum sieben Tage später war es also an der Zeit, den nächsten Kandidaten auszusenden. Dieser trug im Wappen die Grüne Ente. Besonnenheit und die Überzeugung von der Fehlbarkeit jeglichen Seins machten ihn trotz seiner jungen Jahre zu einem würdigen Opponenten und geschätzten Abenteurer. Gut vorbereitet und mit ein paar treuen Gefährten im Gefolge brach der Ritter auf. Ohne größere Schwierigkeiten erreichte die kleine Gruppe gen Abend eben jenes einladende Gasthaus, in dem, wie sie alsbald erfuhren, auch der Schwarze Adler mit seinen Mannen genächtigt hatte. Sie ließen sich von der guten Stimmung im Schankraum mitreißen und legten schon bald fest, den nächsten Tag etwas später beginnen zu lassen. Während sein Gefolge insbesondere dem köstlichen Schwarzbier zusprach, war die Grüne Ente wesentlich mehr an einer jungen Frau interessiert, mit der er bald in ein inniges Gespräch vertieft war. Das

Lachen in ihren Augen, wenn sie ihn ansah, hatte eine geradezu magische Wirkung auf ihn. Auch sie war ihm sehr zugetan. So kam eines zum anderen und der Aufbruch wurde vom einen Tag auf den nächsten verschoben. Der grüne Ritter und die Frau lernten sich als Gerd und Irmgard kennen, der königlichen Quest wurde entsagt und so manch einer berichtete später, der Ritter sei in den Bann eines Hexenweibes geraten. Dies kümmerte die beiden jedoch herzlich wenig.

Die Unruhe des Königs hatte sich inzwischen ins Unermessliche gesteigert, sodass er sich nach weiteren sieben Tagen gezwungen sah, den vierten Ritter auszusenden. Der Weiße Storch war weise und erfahren. Auch er brach gut vorbereitet und gleich mit einer ganzen Schar von Bediensteten und Gefolgsleuten auf. Auf dem Weg durch den Wald wurden Markierungen an den Bäumen angeschlagen, um den Rückweg zu erleichtern. An der Brücke schlug man Bäume, um Reparaturen vorzunehmen und ein sicheres Überqueren des Abgrunds zu ermöglichen. Die Pfade wurden von den gröbsten Überwucherungen befreit, Äste beiseite geräumt und größere Stämme durchsägt, um den Weg frei zu schaffen. Im Morast nahm man sich viel Zeit, geeignete Wege zu finden – diese wurden natürlich wieder markiert. An manchen Stellen wurden gar Bohlen ausgelegt oder Löcher zugeschaufelt. Der edle Ritter, in Kenntnis der Kehrseite seiner Weisheit, verstand es zu delegieren und nahm sich viel Zeit für Ruhepausen, um sein altes Herz zu schonen. Insgesamt geriet der Zug des Weißen Storchs dabei um zwei Tage in Verzug, doch dies war ihm das sichere Voranschreiten wert. Nach Durchquerung der Sümpfe wurden die Pfade nach und nach wieder wegsamer und schließlich lichtete sich der Wald (vom Schwarzen Adler keine Spur). Als man die letzten Baumreihen hinter sich gelassen hatte, wurde der Blick auf einen alten Turm frei, dessen mächtiges Mauerwerk hoch in den Himmel ragte und dessen vom Wetter gezeichnete Spitze von einem Schwarm Krähen umkreist wurde. Das Ziel war zum Greifen nahe. Dem Ritter sprang das Herz in der Brust. Gerade wollte er sich zu seinem Tross umwenden, doch plötzlich griff er sich mit der Hand auf die Brust, fiel starr von seinem Ross und blieb regungslos am Boden liegen.

Als weitere sieben Tage ins Land gegangen waren, schickte der König mit barscher Geste einen weiteren Recken aus. Der Blaue Truthahn war sicherlich nicht seine erste Wahl, wenn es um die Thronfolge ging, doch konnte man sich wohl mit ihm arrangieren und er war nun mal der Fünftplatzierte im ritterlichen Wettstreit.

Des Truthahns Feinde fürchteten ihn ob seiner Unnachgiebigkeit
oder belächelten ihn ob seiner Ignoranz gegenüber dem höfi-
schen Intrigenspiel. Als ihn der Ruf des Königs ereilte, schwang
er sich sogleich auf sein Pferd und ritt davon – den Markierungen
im Wald folgend über die Brücke, durch den Sumpf, bis er am
fünften Tag die Stelle erreichte, an der sein Vorgänger ein so
jähes Ende gefunden hatte. Nachdem er die vor ihm liegende Sze-
nerie überblickt hatte, ritt er zum Fuße des Turms. Dort sprang
er vom Pferd, hieb mit einem mächtigen Schlag seines Streitham-
mers die Tür entzwei und schritt entschlossen in das Innere des
Bauwerks. Zielstrebig begab er sich über die lange gewundene
Treppe in das oberste Gemach, fand dort die Prinzessin vor und
warf sie sich ohne zu zögern (oder auch nur ein Wort des Grußes)
über die Schulter. Eine Reaktion von ihrer Seite nahm er nicht
wahr, denn er hatte einen Auftrag und den galt es zu erfüllen. Als
die Prinzessin auf das Pferd geladen war, machte sich der Blaue
Truthahn unverzüglich auf die Rückreise und erreichte nach weiteren vier Tagen die Stadt. Dass der ungeduldige König in der
Zwischenzeit einen weiteren Ritter entsandte ist nur wenigen
bekannt, die Geschichte dieses Helden unbesungen.

Der Rückkehr des Blauen Truthahns und der Prinzessin schenkte
das Volk großes Interesse, sodass ihnen eine stetig wachsende
Menschenmenge bis zu den Toren des Schlosses folgte. Das merkwürdige Gespann durfte sogleich passieren, während die Menge
schroff zurückgewiesen wurde und in einigem Abstand verharrte. Der König (nach wie vor mit großem Wachgeleit) und die
hohen Würdenträger eilten herbei, versuchten dabei jedoch den
Eindruck würdigen Schreitens zu erhalten, was manchen mehr,
manchen weniger gut gelang. Der Ritter sprang vom Pferd und
trat vor die adligen Herrschaften. Es entstand eine unangenehme
Stille, nur durchbrochen von gelegentlichem Räuspern und dem
Füßescharren einiger Adliger, die meinten sich in eine bessere
Position bringen zu müssen. Endlich waren auch die Trompeter
herbei und ließen ihre Fanfarenstöße erschallen.
»Nun gut«, verlautete der König. »Ihr habt eurem Königreich
einen großen Dienst getan und euch als würdig erwiesen, um die
Hand meiner Tochter anzuhalten. So verkünde ich nun, dass in
drei Tagen die feierliche Verlobung zwischen meiner geliebten
Prinzessin und ...« – es entstand eine kleine Pause, in der der
König den Ritter näher in Augenschein nahm, bis ihm ein Berater

etwas zuflüsterte – »...ähem, dem Blauen Truthahn stattfinden soll. Derart habe ich gesprochen und derart sei es gesetzt.«

Wieder Stille. Ein paar der Würdenträger versuchten dem Blauen mit wilden Gesten eine Verbeugung nahe zu legen. Der Ritter stand vollbehelmt und regungslos da. Nach einer Weile machte man sich daran, die Prinzessin, welche inzwischen selbst vom Pferd herabgeklettert war und unglücklich drein blickte, in Empfang zu nehmen. Der König entließ den Helden der Stunde mit einem Wink, wie ihn nur Könige zu winken verstehen, und schritt würdevoll davon. Auch der Ritter machte sich von dannen und ritt wortlos durch die jubelnde Menge vor dem Tor in Richtung seines Anwesens. Die Trompeter im Schloss, vom ungewöhnlichen Protokoll wohl etwas in Verwirrung geraten, setzten schließlich doch noch zu einer Abschiedsfanfare an.

Die Prinzessin überließ man den Bediensteten. Sie wurde gebadet, geschrubbt, gestriegelt, in (nach damaliger Ansicht) ansehnliche Garderobe – ganz frei von Löchern und Schmutz – gesteckt, und dann in ihre Gemächer geführt, um sich von den Strapazen der vergangenen Wochen zu erholen. Vor den Türen postierte man Wachen, um eine erneute Entführung zu verhindern. Erschöpft ließ sich die Prinzessin auf ihr sanftes Bett sinken, Schlaf fand sie jedoch nicht. Zu viele Gedanken rasten ihr durch den Kopf – was waren das für Tage gewesen!

Begonnen hatte alles wohl an jenem Fest vor etwa anderthalb Monden. Sie hatte sich eine gehörige Abreibung vom Haushofmeister eingeholt – dies war für sich genommen aber noch nichts weiter Besonderes gewesen. Erst später, als die merkwürdige Alte sie in einem unbemerkten Moment mit gekrümmtem Zeigefinger und schrulligen Gurrlauten zu sich gelockt hatte, hatten die Ereignisse eine unerwartete Wendung genommen. Als das Mädchen heran getreten war, hatte sich die Alte mit eindringlicher, von Heiserkeit durchzogener Stimme (man konnte sie nicht als angenehm oder wohlklingend bezeichnen) an sie gewandt: »Ich habe ein ums andere Mal beobachtet, wie du bei Hofe gemaßregelt wurdest.« Rasselnd hatte die Alte Luft geholt, um erneut anzusetzen. Dies hatte die junge Prinzessin jedoch als Anlass für eine hastig schreckhafte Erwiderung genommen: »Es tut mir Leid, wenn ich Euch durch mein Ungestüm beleidigt habe. Ich muss noch viel Disziplin lernen, um eine echte Prinzessin zu sein. Der Haushofmeister sagt oft...«

»Papperlapapp! Niemand hat es verdient, gezüchtigt und geschlagen zu werden – schon gar nicht dafür, einfach nur Kind zu sein. Was du heute angerichtet hast, mag vermeidbar gewesen sein, aber so etwas sollte entschuldigt werden und gewiss nicht mit einer Tracht Prügel geahndet.« Zunächst war die Prinzessin skeptisch gewesen ob der ihr so fremd erscheinenden Worte, doch irgendetwas berührte ihr Inneres. Vermutlich war dieser Augenblick ausschlaggebend, dem Ruf der Hexe zu folgen. Diese hatte ihr unterbreitet, sie würde für einen Mondlauf jeden Abend vor dem Schloss auf sie warten, und könnte sie mit zu sich in den Turm zu nehmen, um ihr dort ein Heim zu bieten. Dann war die Alte auch schon verschwunden. Einige unruhige Nächte hatte die Prinzessin noch über den Worten der Alten gebrütet, bis sie sich ein Herz gefasst und heimlich aus dem Schloss gestohlen hatte. Halb hatte sie damit gerechnet, das Gespräch sei lediglich ihrer Fantasie entsprungen und sie würde sich für ihren nächtlichen Ausflug eine erneute saftige Schelte abholen müssen, da war die Alte auch schon aus den Schatten an sie heran getreten und hatte ihr ohne große Worte bedeutet zu folgen. Klopfenden Herzens war die Prinzessin der Aufforderung ihrer verrufenen Führerin nachgekommen. Aus der Stadt herausgetreten, hatte die Alte sie noch nach dem Namen gefragt, woraufhin das Mädchen nach einem Moment des Zögerns mit zitternder Stimme »Karina« entgegnete. Danach hatten sie ihren Weg schweigend fortgesetzt. An die Reise selbst erinnerte sich die Prinzessin kaum, außer dass sie irgendwann eine Schlucht erreicht hatten und dort auf ein Pfeifen der Hexe ein paar Gestalten aus den Büschen gesprungen waren. Diese hatten in Windeseile eine schlichte Hängebrücke über den Abgrund gespannt, die den beiden Reisenden die Überquerung ermöglicht hatte, und waren bald darauf mitsamt der Brücke wieder entschwunden.

Der erste Anblick des Turms war der Prinzessin noch gut im Gedächtnis. Durch seine Wehrhaftigkeit, den verwitterten Zustand und die fast ständig um ihn kreisenden Vögel hatte er durchaus etwas Bedrohliches, doch gleichzeitig übte er eine magische Anziehungskraft auf das Mädchen aus. Als sie an den Turm und die Zeit dort zurückdachte, wurden ihre Erinnerungen wieder lebendig und sie entschwand dorthin:

»Tritt nur ein, du brauchst keine Angst zu haben«, krächzte die Alte. Die Prinzessin trat über die Schwelle und war verzaubert.

So vieles gab es in dem herrlichen Durcheinander zu entdecken. Stapel von Büchern ragten aus den Nischen, auf manchen von ihnen thronten schläfrige Katzen. Neben gemütlichen Sitzecken voller Kissen ragten Stalagmiten aus Kerzenwachs in die Höhe. Es standen auch alte Teetassen in dem Sammelsurium verschiedenster Kuriositäten, aus einer schleckte gerade ein junges Kätzchen kalten Tee. Die Hexe ließ Karina Zeit sich in Ruhe alles anzusehen und die ein oder andere Katze zu begrüßen. Raum für Raum führte sie das Mädchen allmählich über die Wendeltreppe nach oben. Überall gab es Katzen und Bücher und Gegenstände, die Karina noch nie zuvor erblickt hatte. Sie sah eine prall gefüllte Vorratskammer und eine gemütliche Küche, vollgestopft mit den verschiedensten Töpfen, Pfannen, Kellen und sonstigem Allerlei, das sich in schiefen Schränken und Regalen stapelte oder von der Decke herabhing. Einige Zimmer waren mit Bett, Schrank, Tisch und Schemel ausgestattet und schienen derzeit unbenutzt – »Für Gäste«, sagte die Hexe bloß. Ein besonders beeindruckender Raum war vollständig mit Bücherregalen ausgefüllt, die hoch bis zur Decke aufragten. Als sie im obersten Gemach angelangt waren, begeisterte sich Karina gleich für die wohnliche Atmosphäre und den rundum herrlichen Ausblick. Vom Fenster konnte sie den Gemüse- und Kräutergarten überblicken und etwas weiter einen großen See, auf dessen Oberfläche das Sonnenlicht glitzerte. Sehr weit reichte der Blick in die Landschaft auf allen Seiten. Die Hexe erklärte, es handele sich um ihr altes Quartier, sie sei aber in eines der unteren Stockwerke umgezogen, um nicht ständig so viele Treppenstufen steigen zu müssen. Karina war überglücklich, als die Hexe nun ihr das Turmzimmer anbot.

Endlich fasste sie sich ein Herz und fragte die Alte: »Wie heißt du eigentlich?«

»Amanda.«

»Danke, Amanda.«

Karina hatte Zeit sich allmählich einzuleben, zahlreiche Spielmöglichkeiten im und um den Turm auszuprobieren, zu versuchen alle Katzen zu finden und zu zählen, in den Büchern zu stöbern und sich mit der wundersamen Amanda zu unterhalten. Dabei half sie dieser gerne bei Arbeiten in der Küche und im Garten. Einmal sprach Karina Amanda auf all die Katzen an, worauf diese entgegnete: »Ach, ja diese haarigen Biester sind schon manchmal eine Plage.«

»Wie meinst du das? Ich kann mir kaum etwas schöneres vorstellen, als von Katzen umgeben zu sein.«

»Nun, sie verursachen wirklich einiges an Durcheinander.«

»Aber wieso hast du sie dann hier her geholt?«

»Weißt du, ich kann nicht anders. Immer, wenn ich einen zappelnden Sack im Fluss treiben sehe, muss ich einfach etwas tun. Leider ist es recht üblich in den umliegenden Dörfern, sich des Nachwuchses der Hofkatzen auf diese Weise zu entledigen. Also nehme ich die Kätzchen zu mir nach Hause.«

Karina jedenfalls freute sich, dass die Katzen da waren.

Nach ein paar Tagen traf unerwartet Besuch ein. Amanda hatte erzählt, dass sie es immer gern sähe, wenn ein bisschen mehr Leben in die alten Gemäuer einzöge – mal abgesehen von den Katzen. Bei den vier Besuchern handelte es sich um eine junge Familie. Die beiden Kinder Sass und Stribo – wohl noch ein wenig jünger als Karina – freundeten sich gleich mit ihr an. Der kleine Stribo war dabei zunächst etwas zurückhaltender als seine große Schwester, doch bereits kurz nach der Ankunft waren die Drei zum See geeilt, um dort im Wasser zu toben und zu plantschen. Etwa zwei Wochen blieb der Besuch im Turm. Die Eltern halfen Amanda viel bei Reparaturen, die sie in ihrem Alter nicht oder nur mit viel Mühe hätte selbst bewältigen können. Die Kinder wurden gute Freunde und erlebten viele Abenteuer in der Umgebung des Turms. Karina erfuhr, dass die Familie in einer verborgenen Siedlung im Wald lebte, so weit möglich von der Stadt und den Gesetzen des Königs losgelöst. Sie war erstaunt, denn dies musste bedeuten, dass es sich um Vogelfreie handelte. Ein bisschen Angst machte ihr dies dann auch, denn immerhin war sie ja noch Königstochter und sollte sich nicht mit Gesetzlosen abgeben. Andererseits hatte sie diese als so herzensliebe Menschen kennengelernt und ihr eigener Aufenthalt hier im Turm war wohl auch nicht ganz den Anordnungen des Königs entsprechend.

Bei einem der gemeinsamen Abendessen stellte Karina die Frage, wie Amanda mit der Waldsiedlung in Kontakt gekommen sei. Sass und Stribo sahen ebenso fragend ihre Eltern an, die beide kurz überlegen mussten, sich dann aber rasch einig wurden, dass Amanda seit jeher in regem Kontakt mit der Siedlung stand. Amanda lächelte. »Ich kann mich tatsächlich noch an die Anfänge der Siedlung erinnern. Es mutet mir komisch an, zu sagen, dass ich damals noch ein kleines Mädchen war, aber so war es. Ich war zu dieser Zeit selbst gerade erst aus misslicher Lage heraus. Doch bitte vergebt mir, wenn ich diese Geschichte auf ein andermal vertage, denn die Müdigkeit hat sich in meine alten Knochen geschlichen und ich möchte mich nun zur Ruhe legen. Ich wünsche euch allen eine gute Nacht.«

Die Prinzessin erwachte, als jemand den Raum betrat. »Euer Vater verlangt nach Euch«, drang es an ihr Ohr. Nachdem man sie vorzeigbar gemacht hatte (als ob ihr Anblick sonst unzumutbar wäre), wurde sie direkt zum König geleitet. Dieser machte groß Aufhebens darum, seine Besorgnis über ihr Wohlergehen kund zu tun. Allerlei Vermutung über die Gräuel ihrer erlittenen Entführung und Gefangenschaft wurden geäußert oder zumindest angedeutet. Als der heftige Wortschwall ein wenig abklang, ergriff Karina das Wort: »Vater, Eure Sorge ist rührend, doch möchte ich sie zerstreuen. Nichts Schlimmes ist mir in den vergangenen Wochen widerfahren, denn die grobe Ergreifung durch Euren Blauen Truthahn. Ganz im Gegenteil waren die letzten Wochen wundersam wohltuend und befreiend.« Vieles mehr wollte sie noch hinzufügen über die guten Absichten ihrer neuen verschrobenen Freundin, doch wurde sie jäh von einem Aufschrei des Entsetzens unterbrochen, der ihrem Vater entfuhr. »Welch Unheil wurde über mich und meinesgleichen gebracht! Oh Weh, meine eigene Tochter ist dem bösen Zauberbann der Hexe verfallen. Es steht schlimmer, als ich befürchtete, haben wir die Macht und Hinterlist dieses Teufelsweibs unterschätzt!« Die Prinzessin war starr vor Schreck. Sie hatte damit gerechnet, dass es nicht einfach würde, ihren Vater zu überzeugen, doch eine derart heftige Reaktion, die ihr zugleich jegliche Mündigkeit absprach, hatte sie nicht erwartet. Seine Bediensteten ordnete der König an, die Gelehrten und Priester zu informieren. Sie sollten nach einer Möglichkeit forschen, den unheilvollen Bann zu brechen. Weiterhin befahl er, seine vom Unglück befallene Tochter wieder in die Sicherheit ihrer Gemächer zu geleiten und dort unter strengste Bewachung zu stellen – auch nach Innen hin.

Dort ließ sich das Mädchen elend auf ihr Bett fallen und begann bald leise zu schluchzen. Dies war der Augenblick, in dem es ihr nicht mehr gelang, Hoffnung zu schöpfen. Sie fühlte sich allein und unverstanden. So lag sie eine Weile da, wusste nicht wie lange, wollte sich nur noch unter ihren vielen Decken und Kissen begraben, wollte sich aber nicht regen und verharrte einfach so wie sie sich hatte fallen lassen. Irgendwann spürte sie etwas Nass-Raues über ihre tränenüberströmte Wange schleifen und vernahm ein tiefes Schnurren. Sie schlug die Augen auf und

erblickte ihre Freundin Minka, dicht über ihr Gesicht gebeugt.
Freudig schloss sie sie in die Arme und der Ansatz eines Lächelns
erschien auf ihrem Gesicht. Nach einer Zeit der Liebkosung durchfuhr Karina plötzlich ein Blitz; ein Gedanke der Hoffnung versetz-
te sie in Unruhe. Wie hatte Minka es geschafft, zu ihr zu kommen?
Das Mädchen stand auf, blickte im Zimmer umher und begab sich
rasch zum Fenster. Das war es! Minka hatte die dichten Ranken erklommen, die diesen Teil der Schlossmauer überwucherten. Die
Ranken hielten Karinas prüfenden Blicken und einigem kräftigen
Rütteln stand. Dies könnte eine Möglichkeit sein, aus dem Schloss
zu entrinnen. Doch wohin sollte sie gehen? Den Hexenturm auf
eigene Faust zu erreichen, wäre sicher sehr gefährlich und dort
würde man sofort nach ihr suchen. In die Stadt konnte sie auch
nicht. Selbst wenn es dort jemanden gäbe, der sie aufnehmen
würde, war dies doch viel zu nah am Schloss und in der Reich-
weite der königlichen Wachen. Sie brauchte schnell einen Plan,
denn in zwei Tagen sollte ja bereits die Verlobung mit diesem
wortkargen, ungehobelten Grobian stattfinden. Grübelnd setzte
sie sich auf den Fenstersims. Dies sahen auch die Wachen im Hof,
doch ließen sie sie für den Augenblick gewähren.

All das Grübeln blieb ergebnislos. Zu groß schienen die Hin-
dernisse: Die Wachen im Hof und vor der Tür, die Bediensteten,
die etwa alle zwei Stunden herein kamen, um nach ihr zu sehen,
und einen Unterschlupf hatte sie auch nicht. Ihre neuen Freunde
außerhalb wusste sie nicht zu erreichen und zu allem Überdruss
waren den ganzen nächsten Tag Schneider und Haarkünstler (anders konnte man sie nicht bezeichnen) um sie, Maße anzulegen,
Stoffe anzuhalten, Schleifen zu binden, Haare zu kämmen (immer und immer wieder) und zu gewagten Türmen aufzurichten
und dann diese wieder zu beseitigen, um von neuem zu beginnen. So ging es in einem fort und ehe sie sichs versah, brach die
Verlobungszeremonie über sie herein.

Aufgrund der Eile und der angespannten Lage hatte man entschieden, die Feierlichkeiten klein zu halten. Trotz der Kurzfris-
tigkeit des Unterfangens hatten sich wiedereinmal zahlreiche
geladene Edelleute und Würdenträger eingefunden, den freudigen Anlass (oder sich selbst) zu feiern. Die Menge versammelte
sich im großen Ballsaal und vertrieb sich die Zeit mit Gerede,
Getränke und Bewunderung des beeindruckenden Tortenbuffets,
welches zu diesem Zeitpunkt noch nicht freigegeben worden
war. Das Gerede verstummte, als die Prinzessin in ihrem überwältigenden Kostüm durch den Saal geführt wurde. Hunderte

Rosenblätter wurden hinter ihr verstreut, während sie den Weg zur Königstribüne beschritt und dort zu Ehrenplatze eingeparkt[3] wurde. Einen Moment nachdem sie niedergelassen worden war, schritt der Blaue Truthahn herein. Ganz ohne Gefolge und in schlichten, dunkelblauen Satin gekleidet (diesmal ohne Helm) bewegte er sich zügig und in großen Schritten auf die Tribüne zu, verneigte sich leicht vor dem König, ging vor der Prinzessin auf die Knie und streifte ihr einen nicht unansehnlichen Verlobungsring über den Finger. Dann erhob er sich und schritt unter viel Gemurmel der Menge wieder zur Tür hinaus. Sein Platz an der Festtafel blieb leer. Der König versteckte rasch seine vorbereitete Rede in der Manteltasche und eröffnete mit großer Geste (wenn auch etwas irritiertem Blick) das Tortenbuffet. Zunächst etwas stockend nahmen die Feierlichkeiten an Fahrt auf. Die Gäste wurden betrunken, der König betrunkener und die frisch Verlobte saß unglücklich mit bemüht gefasster Mine da. Sie merkte kaum, dass ihr jemand heimlich einen Brief zusteckte und hielt diesen eine ganze Weile in ihren Händen, bis sie schließlich immerhin daran dachte, ihn unter ihrem Wust von Kleidung zu verbergen.

Nach den Feierlichkeiten hatte sie den Brief noch rasch unter ihr Schmuckkästchen geschoben, bevor die Bediensteten ihn bei der Dekomposition ihrer Festgewandung entdecken konnten. Als das Prozedere endlich vorüber war, dachte sie nur noch an ihr warmes, weiches Bett und gab sich sogleich erschöpft dem Schlaf hin. Am nächsten Morgen schreckte sie hoch und fragte sich, ob alles nur ein Traum gewesen sei, doch da war der Verlobungsring und auch den Brief fand sie nach wenig Suche. Es war ein kurzes, hastig geschriebenes Stück, doch es vermochte ihr Herz mit neuer Kraft zu durchströmen, denn dort stand:

»*Karina,*
gib nicht auf! Das Schloss ist schwer bewacht, doch wir werden weiter nach einem Weg suchen, dir zu helfen. Findest du einen Weg heraus, so begib dich Zur Alten Eiche, der kleinen Gaststätte am Waldesrand, und frage nach Quellwasser.
Der Wald bietet Sicherheit.
Amanda«

Was auch immer das bedeuten sollte, sie musste es herausfinden.

---

[3] Vergebt dem Erzähler diesen Anachronismus – ist er doch bestens geeignet, die Rangierfähigkeit der Prinzessinnengarderobe aufzuzeigen.

Klopfenden Herzens entzündete sie eine Kerze auf ihrem Nacht-
tisch und verbrannte das Schriftstück mit großer Sorgfalt – so
groß, dass sie die Finger, mit denen sie das Schriftstück in die
Flamme hielt, ebenfalls leicht versengte. Sie schüttelte die Hand
und steckte die Finger in den Mund, bis der Schmerz etwas abge-
klungen war. Dann wartete sie die erste Schicht Bediensteter ab,
um im Anschluss ihre Garderobe nach schlichten unauffälligen
Kleidungsstücken zu durchforsten. Das stellte sich als gar nicht so
einfach heraus, doch schließlich hatte sie ein paar Stücke zusammen, die bei Dunkelheit den ersten Blicken standhalten sollten,
ohne ihre Person oder ihre Herkunft preiszugeben. Dabei würde insbesondere ein Mantel mit weiter Kapuze und schlichtem
Innenfutter nützlich sein, den sie auf links tragen konnte.

Das Warten auf die Dunkelheit war eine Zerreißprobe. Wie ein
eingesperrtes Tier lief das Mädchen in ihrem noblen Gefängnis
auf und ab, immer wieder von den Bediensteten aufgeschreckt,
die kamen, um nach ihr zu sehen. Sie war sehr froh, als ihr Minka
am Nachmittag ein paar Stunden Gesellschaft und Zerstreuung
schenkte. Endlich brach der Abend herein, doch jetzt fiel das
Warten noch schwerer. Als es endlich ganz dunkel war, passte
Karina noch einmal den Besuch der Bediensteten ab, warf sich
dann rasch ihre sorgfältig ausgewählte Abendgarderobe über und
schwang sich aus dem Fenster. Als sie den Fenstersims losließ
und sich ganz den Ranken anvertraute, rutschten diese ein gutes
Stück herab und ihr Herz sprang mindestens ebenso viel herauf.
Verzweifelt klammerte sie sich fest und wartete auf den Sturz,
doch die Ranken hielten stand. So leise und vorsichtig wie es
irgend ging, ließ sich das mutige Mädchen[4] langsam Stück für
Stück herab. Sie hatte das Gefühl, schon eine halbe Ewigkeit durch
dieses Meer aus Blättern und Ästen herabzusinken, da verließ sie
für einen Augenblick die Aufmerksamkeit, sie rutschte ab und
rauschte in die Tiefe.

Ein Glück, dass es keine besonders tiefe Tiefe mehr war und
sie nach etwa einem Meter Fall unter lautem Rascheln und dem
weit in die Stille der Nacht dringenden Knacken kleiner trocke-
ner Zweige von einem Zierstrauch gebremst wurde. Den Schreck
noch in den Gliedern, sah sich Karina um und bemerkte, dass
eine Wache zügig in ihre Richtung schritt. Sie sauste in die andere Richtung davon, immer im Schatten der Schlossmauer, doch

---

[4]Es ist anzumerken, dass Mut und Angst meist sehr nahe beieinander liegen.
Man sagt auch »zwei Seiten der gleichen Medaille«, doch ich bin nicht sicher,
was das bedeuten soll.

leider nicht ganz unbemerkt. »Wer da?«, ertönte es hinter ihr, gefolgt von dem Geräusch sich zügig nähernder schwerer Stiefel auf dem Kiesweg, der durch den Schlossgarten führte. Eine zweite Stimme seitlich von ihr und gefährlich nahe: »Ich wette fünf Kupfer, dass das nur wieder diese dämliche Töle ist.« Sie schlug einen Haken. Die Wachen sahen sie zwar nicht, waren ihr aber dicht auf den Fersen, als sie den Pferdestall erreichte und sich durch ein ihr wohlbekanntes loses Brett in das Innere zwängte. Dunkelheit und das leise Schnauben der Pferde – hier würde sie einen Moment vor der Entdeckung sicher sein. Sie wusste, dass die meisten ihrer üblichen Wege aus dem Schloss nicht offen standen, denn auch die Bediensteteneingänge wurden nach den Ereignissen, die sich zugetragen hatten, scharf bewacht. Zudem hatte sie wohl nicht viel Zeit, denn bald würde auch ihr Verschwinden aus ihrem Zimmer bemerkt werden. Von draußen hörte sie noch die Wachen: »Wenn ich diesen Köter erwische, ziehe ich ihm das Fell über die Ohren!«

»Ach, lass gut sein, das gibt nur wieder Ärger mit dem Hauptmann.«

Sie stritten noch eine Weile darum, wer denn nun die fünf Kupfer bekäme, wobei ihre Stimmen und die Schritte auf dem Kiesweg allmählich leiser wurden. Als sie vollends verklungen waren und Karinas Augen sich an die Dunkelheit gewöhnt hatten, machte sie sich auf die Suche. Tatsächlich, dort an der Wand hingen ein paar feste Hanfstricke an Haken. Sie nahm die Stricke, knotete sie sehr sorgfältig zu einem langen Seil und warf sich dieses über die Schulter. Nun war es an der Zeit, ihr Glück erneut zu fordern. Sie verließ den Stall genauso leise und unauffällig, wie sie ihn betreten hatte und schlich sich den Treppenaufgang zur Schlossmauer hinauf. Ob es ihr gelänge, den richtigen Moment abzupassen, in dem sie genug Zeit hätte von der Patrouille auf dem Wehrgang unbemerkt zu bleiben, würde über Erfolg oder Misserfolg, Freiheit oder Gefangenschaft, Quellwasser oder Truthahn entscheiden. Sie wartete, bis sie glaubte, dieser Moment sei gekommen, huschte zu den Zinnen, schlang das Seil herum, sah, dass die sich entfernende Wache fast den Wendepunkt erreicht hatte, machte mit zittrigen Händen den Knoten, dem sie ihr Leben anvertrauen musste, und schwang sich beherzt zwischen den Zinnen hindurch in den Halt des Seils. Das Seil gab unter der Belastung nach, aber nur ein Stück, dann war es in Position gerutscht und sie konnte sich mühsam, mit schmerzenden Muskeln, an den Abstieg machen. Nicht nur einmal glaubte sie, ihre Kräfte hätten sie nun ganz verlassen, schaffte es aber jedes Mal irgendwie doch noch sich ein weiteres Stück herab zu lassen. Geschafft.

Doch Zeit, sich endlich auszuruhen war nicht, sie musste so schnell wie möglich über den Graben und fort in die Nacht. Da sie sich gut auskannte, wusste sie eine geeignete Stelle, an der sie mit nicht mehr als nassen Schuhen über den Graben hinweg konnte und war alsbald durch die nächtlichen Gassen hindurch, erreichte ohne Mühe den Waldrand und das Gasthaus Zur Alten Eiche. Sie horchte einen Moment. In der Stadt und im Schloss schien alles noch ruhig zu sein, von drinnen drang das Gegröle Betrunkener an ihr Ohr. Wieso hatte Amanda ausgerechnet diesen Ort gewählt? Nun gut, tief durchatmen und dann herein, sagte sie sich und tats. Drinnen schlug ihr stickige Wärme und Alkoholdunst entgegen. Sie brauchte einen Moment, in dem sie ein Würgen unterdrückte und sich im schummrigen Inneren orientierte. Dabei konnte sie nur hoffen, dass niemand ihr Gesicht unter der weiten Kapuze erkennen würde und bewegte sich zur Theke, da sie dort wohl nach Quellwasser fragen musste. Plötzlich legte sich eine riesige Pranke auf ihre Schulter. »Wenn das mal nicht meine Verlobte ist«, vernahm sie eine tiefe und nur ganz leicht lallende Stimme. »Ich denke, du möchtest dich einen Moment zu mir gesellen.« Ohne eine Reaktion abzuwarten, schob sie der Blaue Truthahn in eine dunkle, leicht abgetrennte Ecke und drückte sie in eine Bank. Dann nahm er ihr gegenüber Platz und gönnte sich einen langen Zug aus dem mächtigen Bierhumpen, der auf dem Tisch zwischen ihnen stand. Jetzt war es aus, so viel war gewiss. Doch was nahm sich dieser Grobian heraus, hier in Seelenruhe sein Bier zu trinken, anstatt sie sofort zurück in das Schloss zu bringen. Unfassbar, dass sie gezwungen wurde, dieses manierenlose Ungetüm zu heiraten.

»Schlafprobleme?«, donnerte es.

»Bitte was?!«

Wieder ein Schluck Bier, diesmal lief etwas davon seinen Bart herab. »Du hast alles, was sich eine Prinzessin wünschen kann und treibst dich nachts in verrufenen Absteigen herum, da stimmt doch was nicht.«

Sie wurde wirklich wütend: »Hier stimmt so einiges nicht! Ich will keine Prinzessin sein, ich will nicht immer nur machen, was man mir sagt und am allerwenigsten will ich dich elendes Ungeschöpf ehelichen!«

Der Ritter brach in lautes, grollendes Gelächter aus und schlug dabei wiederholt kräftig mit der Faust auf den Tisch. Karina blickte verdutzt und verunsichert. Sie hatte mit einer schallenden Ohrfeige gerechnet, aber damit nicht.

»Elendes Ungeschöpf? So etwas Gutes habe ich schon lange nicht mehr gehört. Wenn du nicht so ein Mädchen wärst, könnten wir uns vielleicht sogar verstehen.«

Das verwirrte sie nun vollends. »Ich dachte, Ihr wollt mich heiraten, wieso habt Ihr mich sonst aus dem Turm geschleppt. Und...wollt Ihr sagen, Ihr interessiert euch nicht für ...Mädchen?«

Sie zog den Kopf ein.

»Ich interessiere mich für Wettstreit, Ruhm und das hier.«

Wieder nahm er einen großen Schluck Bier.

»Außerdem ist es echt lästig, mir ständig wegen allem 'nen Kopf machen zu müssen. Dafür gibt es doch Anführer, die einem die nervige Kopfarbeit abnehmen.«

Karina blickte nachdenklich drein, dann machte sie einen Vorschlag: »Wieso lasst Ihr mich nicht einfach ziehen und sagt meinem Vater, dem König, dass Ihr als Belohnung für meine Rettung viel lieber sein persönlicher Leibwächter sein wollt? Der König hat sicher Verwendung für einen so starken und furchtlosen Ritter, der sich dem Schutz seines Lebens hinzugeben gewillt ist. Und Ihr hättet einen stattlichen Sold, eine ehrenvolle Position und jemanden, der Euch das unliebsame Denken abnimmt.«

»Das klingt ja ganz gut, aber wieso sollte ich dich dann laufen lassen?«

Karina zögerte. Wie sollte sie diesen harten Brocken erweichen? Sie glaubte nicht, dass sie mit einer Auseinandersetzung über 'Leben und Leben lassen' oder Derartigem zu ihm durchdringen konnte.

»Ich möchte in Freiheit und nach meinen Vorstellungen leben können. Wieso solltet Ihr mir dies verwehren? Ihr habt Euch bereits am Königshof bewiesen und werdet sicher bekommen, was Ihr verlangt, umso mehr, wenn Eure eigentliche Belohnung – ich – nicht ausgehändigt werden kann. Niemand braucht zu erfahren, dass Ihr mich hier angetroffen und laufen gelassen habt. Ich verschwinde einfach in den Wäldern, sodass wir uns auch nicht mehr in die Quere kommen können.«

Der Truthahn verstand zunächst nicht, also erklärte Karina erneut, wieso es in seinem eigenen strategischen Interesse läge, wenn sie vom Plan verschwände. Im dritten Anlauf stimmte er schließlich zu. Karina atmete tief durch und konnte endlich ihr frisches Quellwasser bestellen.

Am nächsten Tag machte der Blaue Truthahn seine Aufwartung beim König und stellte seine Forderungen. Der König, wutentbrannt über das erneute Verschwinden seiner Tochter und mangels eines geeigneteren Schuldigen, ließ den Ritter kurzerhand in den Kerker werfen. Dies gelang dann letzten Endes auch, als fünf kräftige Wachen zu seiner Ergreifung hinzu geeilt waren.

Karina war inzwischen bereits in der Waldsiedlung angelangt. Der Wirt hatte sie auf ihre Worte hin in ein Hinterzimmer geleitet und ihr bedeutet, zu warten. Sie hatte es sich auf einem Getreidesack bequem gemacht und war wenig später eingenickt. Irgendwann war sie von einer jungen Frau geweckt worden, die sich knapp als Luz vorgestellt und Karina dann trittsicher durch den Wald geleitet hatte. Das Mädchen war bereits so müde gewesen, dass sie kaum etwas vom Weg mitbekommen hatte und auch von ihrer Ankunft nicht mehr als die wohlige Schlafstatt, die Luz ihr gewiesen hatte. Da sie das Lager erst in den frühen Morgenstunden erreicht hatten, schlief Karina bis weit in den Nachmittag des nächsten Tages hinein. Sie erwachte mit einem mächtigen Durst (das Quellwasser hatte sie schließlich nicht erhalten), musste sich aber zunächst in der unvertrauten Umgebung orientieren. Sie war, wie es zunächst schien, in einer kleinen Holzhütte untergekommen, doch aus dem Fenster blickte sie unmittelbar auf eine Baumkrone. Sie stand auf, um sich dessen zu vergewissern und stellte, als sie sich etwas aus dem Fenster lehnte, fest, dass sie sich mindestens zehn Meter über dem Waldboden befand. Durch das Blattwerk hindurch konnte sie noch weitere Holzkonstruktionen und dazwischen Hängebrücken in den Bäumen erkennen. Unten sah sie Luz, die gerade dabei war Holz zu hacken, dies unterbrach, als sie Karina bemerkte und nach einem freundlichen Winken in ihre Richtung stapfte. Nur wenig später kam sie mit einer Karaffe Wasser, frischem Obst und etwas Brot und Käse herein. Karina machte sich freudig darüber her.

»Na, da hatte ich ja genau den richtigen Riecher«, sagte Luz. »Iss erstmal in Ruhe, das ist kein Wettrennen. Danach kann ich dir, wenn du magst, alles zeigen und die Leute vorstellen. Im Moment sind, glaube ich, etwas weniger als drei Dutzend von uns hier, viel mehr waren es bisher auch nie.« Zwischen zwei Bissen fragte Karina, wer denn der Anführer der Gruppe sei.

Darauf entgegnete Luz mit einem Lachen: »Na ich! Aber auch du. Und natürlich alle Anderen hier.«

Karinas fragender Blick brachte sie nur noch mehr zum Lachen.
»Im Grunde macht hier jeder, was er will. Natürlich müssen wir
dabei auch Rücksicht auf die Anderen nehmen, wir wollen ja auch,
dass sich alle wohl fühlen. Konflikte und Streit gibt es auch immer
wieder, aber gemeinsam kommt man schon meistens irgendwie
zu einer akzeptablen Lösung. Wir treffen uns auch regelmäßig
mit allen, die es sich einrichten können, um Absprachen zu treffen und gemeinsame Anliegen zu diskutieren. Das kann auch
anstrengend sein, aber es funktioniert insgesamt ziemlich gut.«
    Damit hatte sie dem Mädchen erstmal einiges zu denken ge-
geben. So ließ sie ihr Zeit, in Ruhe zu essen, und schnappte sich
selber einen Apfel. Als Karinas Hunger und Durst gestillt waren,
trieb sie die Neugier und so ließ sie sich von dieser freundlichen
Frau, der sie gestern Nacht zum ersten Mal begegnet war, durch
die Waldsiedlung führen. Dabei trafen sie immer wieder verschiedene Menschen in jedem Alter, die Karina Willkommen hießen.
Auch Sass und Stribo mit ihren Eltern begegneten ihnen in einem
freudigen Wiedersehen. Die Kinder schlossen sich sogleich an
und zeigten Karina ihre Lieblingsplätze. Die meisten Unterkünfte
und auch verschiedene gemütliche Ruheplätze waren oben in den
Bäumen. Verbunden waren sie durch ein Netz aus Hängebrücken,
immer wieder führten Strickleitern, aber auch hölzerne Wendeltreppen entlang der Stämme nach unten. Die Werkstätten waren
fast alle auf dem Boden errichtet, insbesondere Holzverarbeitung
aller Art ließ sich finden, aber auch eine kleine Schmiede, eine Bä-
ckerei, eine große Gemeinschaftsküche und derlei mehr. Für das
Nähen und Weben und sicher noch vielem mehr ließen sich ebenfalls Gerätschaften finden. An vielen Stellen waren die Siedler
zugange und arbeiteten allein oder in kleinen Gruppen. Allerlei Tiere gab es auch: Hunde, Katzen, Schweine, Ziegen, Hühner,
Schafe. Ein kleiner Fluss schlängelte sich am Rand der Siedlung
entlang und Beete und Gärten waren überall verstreut. Diese
reichten allerdings nicht für die Versorgung aus, versicherte Luz.
Vor allem Getreide würde mit weiter entfernt liegenden befreun-
deten Bauernhöfen eingetauscht. Auf einer größeren Lichtung
fand sich eine große Feuerstelle mit hölzernen Sitzmöglichkeiten,
von denen manche ähnlich einer Tribüne in einen Hügel einge-
bettet waren. Hier würden meist die Versammlungen abgehalten
und sich die Abende mit Musik und Geschichten vertrieben.
    Karina erfuhr, dass sie vorerst in der Unterkunft bleiben konn-
te, in der sie geschlafen hatte. Sie lebte sich allmählich ein wenig
in der Waldsiedlung ein und lernte die Menschen dort kennen, so-

dass sie zumindest die allermeisten Namen wusste. Mit manchen verbrachte sie mehr Zeit und so gewann sie einige neue Freunde. Zunächst war sie bei Vielem etwas zurückhaltend, doch fand sie Möglichkeiten, sich einzubringen und die Arbeit in den Werkstätten ein wenig kennen zu lernen. Bei den Versammlungen hörte sie nur zu, da sie zu den meisten Dingen noch nicht viel zu sagen wusste und ihr diese Form der Entscheidungsfindung noch fremd war. So vergingen einige Tage und sie lebte sich immer mehr in ihrem neuen Zuhause ein. Auch Amanda stattete der Siedlung ihren Besuch ab und war sehr erfreut, dass Karina es geschafft hatte, dem Schloss zu entfliehen und wohlbehalten einzutreffen. Sie brachte zudem einige Bücher für Karina und für ein paar der anderen Siedler.

Als Karina und Amanda mal wieder an einem der leichter zugänglichen Ruheplätze bei einem Tee zusammen saßen, ergriff das Mädchen die Gelegenheit und sprach die Alte auf jenen, nun so fern scheinenden, Abend im Turm an: »Du sagtest, in deiner Kindheit wärst du selbst in einer misslichen Lage gewesen. Erzählst du mir, was passiert ist?«

»Das ist eine etwas längere Geschichte, aber wir haben ja Zeit«, setzte Amanda mit ihrer krächzenden Stimme langsam an. »Du musst wissen, dass ich aus einer Gutsherrenfamilie komme, deren Wurzeln sich weit zurückverfolgen lassen – bekanntlich legen die Leute viel Wert auf so etwas. Man würde also von einer altehrwürdigen Familie sprechen, doch von einer um die es nicht zum Besten bestellt war. Ich habe mir damals – noch jünger als du jetzt – nicht viel Gedanken darüber gemacht, doch es fiel im Laufe der Zeit immer schwerer, den Glanz vergangener Tage aufrecht zu erhalten. Unter dem Versuch, den Anschein zu wahren, musste wohl vor Allem das Gesinde leiden und Unmut machte sich breit. Als dann meine Eltern beide der selben Krankheit erlagen, brach der Haushalt schließlich vollends zusammen. Der Tod meiner Eltern war für mich natürlich mit großer Trauer und Angst verbunden. Zudem schien es in meiner aussterbenden Familie bald niemanden mehr zu geben, der sich noch meiner annehmen konnte.

Da tauchte unerwartet mein Onkel auf, von dem ich bisher nur aus Erzählungen wusste. Ich muss sagen, dass ich nichts Gutes gehört hatte: Ein finsterer Zauberer in einem verruchten Turm, den weit und breit Alle fürchteten und mieden. Dir kommt das nun wohl bekannt vor, doch ich hatte damals große Angst und ging nur mit, weil ich keine andere Möglichkeit sah. Der Turm war damals in

deutlich schlechterem Zustand, denn mein Onkel kam alleine mit
der Instandhaltung nicht dem Verfall hinterher. So verwundert
es auch nicht, dass er mich gleich in die Arbeiten einbezog. Er war
ein verschrobener und wortkarger Mann, doch ein guter Lehrer
wenn es um das Handwerk ging. Auch hatte er ein Gespür dafür,
was er mir zumuten konnte und ließ mir auch Zeit für mich. Die
Arbeiten machten mir meist nichts aus – ich lernte eine Menge
und konnte diesen riesigen Abenteuerspielplatz erkunden, als
den ich den Turm und seine Umgebung betrachtete. Heute mag
dies abwegig erscheinen, aber ich war dir gar nicht so unähnlich.«
     Amanda pausierte, nahm einen Schluck Tee und blickte einen
Moment in die Tiefe des Waldes.
     »Der Gutshof meiner Eltern wurde rasch verlassen. Jene des
Gesindes, die sich nicht verstreuten um anderweitig Anstellung
zu finden, zogen mit einigem Material, das sie dem Anwesen...ent-
nahmen, aus und begründeten was heute zu dem hier geworden
ist.« Sie klopfte auf das Holz unter sich. »Ich stieß dann bei meinen immer weiter in das Umland des Turms dringenden Ausflü-
gen irgendwann auf sie. Zunächst fürchteten die Siedler, dass ich
sie verraten könnte – als Spross ihrer ehemaligen Herren hatte
ich nicht den besten Stand –, doch ich erlangte nach und nach ihr
Vertrauen, es entstanden allmählich Freundschaften und nach
einer Weile kamen sogar einige der Siedler mit zum Turm und
man half sich gegenseitig aus, wo es ging.«
     In den folgenden Tagen war Karina sehr beschäftigt, denn sie
hatte sich in den Kopf gesetzt zu lernen, wie man Nägel fertigt,
sodass sie viel Zeit in der kleinen Schmiede zubrachte. So kam
sie auch nicht dazu, Amanda weiter nach ihrer Vergangenheit
auszufragen.

Irgendwann hieß es, ein Rittersmann sei gesichtet worden, wie
er durch die Wälder streife. Nach den Beschreibungen war es ein
Leichtes, ihn als den Blauen Truthahn zu identifizieren. Doch
was hatte er hier in den Wäldern zu suchen? War er etwa vom
König ausgeschickt worden, die flüchtige Prinzessin zurück zu
bringen? Vor allem Karina und Amanda waren sehr besorgt. Sie
entschieden, dass eine vorsichtige Kontaktaufnahme fernab der
Siedlung das Beste sei, die Pläne des Ritters in Erfahrung zu bringen. Doch durfte dabei Karina keinesfalls in seine Gewalt gelan-
gen, daher sollte sie lieber in der Sicherheit der Siedlung bleiben.
Eine Gruppe von fünf Siedlern erklärte sich bereit, dem Ritter

entgegenzutreten, darunter auch Luz und Amanda. Noch am selben Tag zogen sie aus in die Richtung, in der der Ritter gesehen worden war. Die Zeit verstrich und Karinas Sorge wuchs beständig. Mehrfach glaubte sie, sie könne es nicht mehr aushalten und war schon drauf und dran selbst in den Wald zu ziehen. Jedes Mal verwendeten ihre Freunde viel Überzeugungskraft, ihr dies auszureden und sie etwas zur Geduld zu bringen. Nach zwei ganzen Tagen kehrte Amanda allein zurück. Aufgeregt und voller Befürchtungen rannte Karina ihr entgegen. Hastig stellte sie Fragen nach dem Verbleib der anderen, was geschehen sei, was der Ritter wollte. Es dauerte eine Weile, bis Amanda sie beruhigen und zu ihr durchdringen konnte. Den anderen gehe es gut, sie wären nur noch dabei, falsche Fährten zu legen, um eine Entdeckung der Waldsiedlung zu vermeiden. Sicher würden sie in den nächsten ein bis zwei Tagen ebenfalls eintreffen. Der Ritter habe berichtet, dass er tatsächlich vom König ausgeschickt worden sei. Dieser verlange ein Gespräch mit seiner Tochter, doch gäbe sein Wort darauf, ein Treffen nicht als Vorwand für ihre Ergreifung zu nehmen. Weiterhin erfuhr Karina, was dem armen Ritter nach ihrem letzten Zusammentreffen widerfahren war. Dies weckte ihr schlechtes Gewissen, da sie sich für seine Einkerkerung mitverantwortlich fühlte.

Mit einem mulmigen Gefühl, aber dennoch bestimmt, entschied sie sich, der Forderung ihres Vaters nach einem Treffen stattzugeben. Der Vereinbarung mit dem Blauen folgend, fanden sie sich vier Tage später an einer ihnen bekannten Weggabelung ein, um auf den König zu warten. Zur Sicherheit hatten sich einige Siedler bereit erklärt, in der Umgebung nach unvorhergesehenen Aktivitäten Ausschau zu halten, doch glaubte Karina, ihr Vater würde zu seinem Wort stehen und es zumindest bei dieser Gelegenheit bei einem Gespräch bewenden lassen. So traf der König auch wie versprochen alleine ein, also lediglich in Begleitung seiner treuesten Berater, einer kleinen Leibgarde von zehn Mann und dem Blauen Truthahn, in voller Montur, dicht an seiner Seite. Einem König konnte man dies durchaus als Alleinsein durchgehen lassen.

»Ah, meine geliebte Tochter! Es erfreut mein Herz, dass du gewillt bist, dich der Stimme der Vernunft zuzuwenden. Das Königreich braucht dich, um nicht in Chaos und Blutvergießen zu versinken, sondern mit geregelter Thronfolge in die Zukunft zu blicken.«

»Mir ist bewusst, dass Ihr mit 'Stimme der Vernunft' Eure Stimme meint und ja, ich bin gewillt, Euch anzuhören. Gleichzeitig verlange ich jedoch auch Eure Bereitschaft, mich anzuhören. Ich bin Eure Tochter und habe mir oft gewünscht, von Euch mehr als solche behandelt zu werden. Das wünsche ich auch jetzt noch, doch habe ich beschlossen, meinen eigenen Weg zu finden und meine eigenen Entscheidungen zu treffen. Euer Verständnis kann ich nicht erzwingen und ich erhebe keinen Anspruch darauf, den einzig richtigen Weg gefunden zu haben, doch es ist mein Weg und ich wünsche mir, dass Ihr mich gewähren lasst.«

Karina war überrascht, beeindruckt, aber auch ein wenig erschrocken von den Worten, die gerade ihren Mund verlassen hatten. Der König bekam einen roten Kopf, doch fand zunächst keine Worte der Erwiderung. Er war es nicht gewohnt, dass derart zu ihm gesprochen wurde und so setzte seine Tochter erneut an: »Das Letzte was ich will, ist, dass es zu einem Blutvergießen kommt – nicht um meinetwegen, nicht um die Thronfolge und auch aus keinerlei anderen Gründen. Ich sehe mich aber doch in keiner Weise dafür verantwortlich, sollte sich wer auch immer dazu entscheiden, die Hand gegen jemand anderen zu erheben. Darüber hinaus bin ich überzeugt, dass Ihr mit Eurem politischen Geschick und Euren Scharen gewiefter Berater eine Lösung für die Thronfolge erarbeiten könnt, die von meiner Person unabhängig ist. Also, was sagt Ihr dazu, Vater?«

Dies war der Moment, in dem des Königs Gemüt überkochte: »Was nimmst du dir heraus, so mit deinem Vater, deinem König, zu sprechen?! Ich verhandle nicht mit Entführern und Erpressern. Noch heute werde ich mein Heer sammeln und dann wird dieser ganze unsägliche Forst niedergebrannt, wenn es sein muss. Ich werde euch finden. Ich werde dafür sorgen, dass eure gesetzlosen Hälse an den Stricken baumeln, für die sie gemacht sind und ich werde meine Tochter, meine Prinzessin, mein eigen Blut, zurückerlangen.«

Und mit loderndem Blick wandte er sich an die Prinzessin: »Früher oder später wirst du schon zur Vernunft kommen und wenn ich dich dafür Jahre in den höchsten Turm sperren muss!«

Damit stapfte er zornig von dannen, dicht gefolgt von seiner Eskorte.

Sorge und dunkle Vorahnung umwölkte die Gemüter der Siedler und sie beriefen eilig eine Versammlung ein. Sie gingen vom Schlimmsten aus und fürchteten um Leib und Leben. Es wurden auch Anschuldigungen gegen Karina und Amanda laut, dass diese für die misslich Lage verantwortlich seien und das Ende der

Waldsiedlung herbeigeführt hätten. Es wurde gar vorgeschlagen, dass man Karina an den König ausliefern solle. Dies widerstrebte doch ihren Überzeugungen und viele von ihnen waren ja inzwischen gut mit dem Mädchen befreundet. So wurde schließlich beschlossen, dass die Kinder von einem Teil der Eltern andernorts in Sicherheit gebracht werden sollten. Für Karina kam dies nicht in Frage, denn sie war ja gesucht und konnte sich nirgends sonst blicken lassen. Daher wollte sie wie die anderen Siedler ihr Bestes tun, die Waldsiedlung zu schützen. Es gab immer noch die Hoffnung, dass man sich verstecken könne. Die Drohung des Königs war, wie sie hofften, nur heiße Luft. Er würde wohl kaum den gesamten Forst brandroden, wenn er nicht völlig dem Wahnsinn anheimgefallen war. Also sollte alles auf dem Boden zum Zwecke der Tarnung verschwinden. Vieles wurde in die Bäume gebracht, die Schuppen niedergerissen und mit Laub überdeckt, manches vergraben, die Wendeltreppen abgerissen und weitere derartige Vorkehrungen getroffen. Kundschafter in der Umgebung sollten frühzeitig ein Herannahen des königlichen Heeres erkennen. Von Tag zu Tag waren weniger Spuren der Siedlung zu entdecken, bis am vierten Tag schließlich alle Vorkehrungen getroffen waren, sodass nur noch zu hoffen blieb. Nach insgesamt sieben Tagen des Bangens meldeten sich schließlich die Kundschafter: Wieder der Blaue Truthahn.

Sollte dieser ihre Lage auskundschaften? Oder glaubte der König gar, der Ritter könne erneut im Alleingang die Prinzessin in seine Macht bringen? Weitere Erkundungen und schließlich eine vorsichtige Konfrontation des Blauen ergaben die Auskunft, dass der König erneut das Gespräch suche. Trotz der Furcht vor einer Falle ging man darauf ein, da dies für die beste Option gehalten wurde. So fand sich wieder alles sehr ähnlich zu dem letzten Treffen und auch der König erschien ohne Heer. Er hob zum Gruß die Hand und sprach mit ernster Miene: »Tochter, ich danke dir, dass du trotz meiner Drohungen erschienen bist. Ich möchte dir eine Geschichte erzählen, die vor einigen Tagen an mein Ohr drang, als ich gerade in die Planung vertieft war, das Heer zusammen zu ziehen. Sie handelt von einem Edelmann aus dem Landadel. Bei diesem ist es, wie bei vielen anderen auch, üblich die Hunde mit zu sich in das Bett zu nehmen – besonders in kalten Nächten. Einen dieser Hunde hatte er besonders in sein Herz geschlossen und so kümmerte er sich meist höchstselbst, diesen abzurichten. Der stattliche Hund wurde auch scharf gemacht, um seinen Herrn verteidigen zu können. Doch dieses eine Mal war der Adlige unvorsichtig und berührte das noch wilde Tier mit der Hand, um es zu loben. Da er sich von hinten genähert hatte, erkannte der Hund in der Raserei seinen Herrn nicht und schnappte mit eisernem Biss nach der Hand. Zwei Finger mussten darauf amputiert werden und es dauerte sehr lange, bis die versehrte Hand wieder abgeheilt war. Üblicherweise würde ein Hund für solches Verhalten auf der Stelle mit Stöcken zu Tode geprügelt. Doch nicht so in diesem Fall. Der Edelmann stellte sich zwischen seine Diener und das schuldige Tier. Es durfte fortan nicht mehr in das Haus, wurde aber als Hofhund nach wie vor mit liebevoller Hingabe behandelt.«

Karina wusste nicht so recht, was sie aus dieser merkwürdigen und leicht verstörenden Geschichte machen sollte, daher blickte sie ihren Vater nur fragend an.

Dieser fuhr fort: »Ich bin zu der Auffassung gekommen, dass du dich nicht dazu bewegen lassen wirst, von deiner Position abzurücken. Das schmerzt mich, insbesondere wegen meiner Zuneigung zu dir. Aus dieser heraus habe ich aber entschieden, dich gewähren zu lassen. Als Staatsmann habe ich noch andere Abwägungen zu treffen. Der Blaue Truthahn« – ein Blick zur Seite – »ist sicher der beste Leibwächter den ich mir wünschen könnte, doch als Politiker, geschweige denn Thronfolger, nicht die beste Wahl. Eine Auflösung der Verlobung wäre dem Ruf des Königshauses sicher nicht förderlich und die Suche nach einem neuen Anwärter dadurch behindert, zumal deine Haltung die Sache zusätzlich erschweren würde. Ich habe mich mit meinen Beratern, Rechtskundlern und Ahnenforschern besprochen und eine Lösung der Problematik gefunden.«

Er machte eine Pause, dann sagte er mit Rührung in der Stimme: »Karina, bitte nimm deinen Vater für einen Moment in die Arme.«

Sie tat dies, zunächst etwas vorsichtig, doch ebenfalls tief gerührt. Als sie sich so in den Armen hielten, setzte er erneut an: »Die Lösung, zu der wir gekommen sind, ist der Tod der Prinzessin. Nur so lässt sich eine für Uns günstige Erbfolge legitimieren.« Karina stockte der Atem und eine eisige Lähmung erfasste sie, als sie ihr Ende gekommen sah.

Doch als ihr Vater sie los ließ und sie sich in die Augen sahen, verstand sie.

Tod der Prinzessin, es lebe Karina.

Wenige Tage später hielt der König eine bewegende Rede an das Volk, in der er seine tiefe Trauer über den so unzeitigen Tod der Prinzessin, seiner einzigen Erbin, ausdrückte. Sie sei von einer Klippe gestürzt und die Überreste von Wölfen verschlungen. Ein zerfetztes Stück Stoff mit dunkelroten Flecken wurde in die Höhe gehalten. Doch ehe diese Nachricht zu großen Tumult auslösen konnte, setzte der König hinzu, dass dies kein Grund zur Sorge um die Sicherheit und Ordnung im Königreich sei. Seine Ahnenforscher hätten die Linie zurückverfolgt und jeden legitimen Zweig in der Erbfolge berücksichtigt. Die Untersuchung habe ergeben, dass der königliche Großvetter dritten Grades, welcher gerade im geschätzten Nachbarland ein bedeutendes Amt bekleidete, als einziger einen starken Anspruch geltend machen könne. Dieser Anspruch würde kriegerische Auseinandersetzungen im Fall des Ablebens des Königs vermeiden und selbstverständlich einen würdigen Regenten hervorbringen. Da besagter Vetter nun auch nicht mehr der Jüngste sei, stünde sein edelmütiger Sohn als Kronprinz zur Stelle. Dieser war beim Volk sehr beliebt, daher wurde trotz der vorhergegangenen traurigen Nachricht Jubel laut. Der König war zufrieden, dass das Volk die Botschaft auf diese Weise aufnahm und auch im Adel wenig Murren laut wurde. Es war geglückt, die von ihm gewünschte Erbfolge zu etablieren. So kehrte allmählich wieder Ruhe ein und die Dinge nahmen ihren gewohnten Gang. Bald schien es, als ob nichts gewesen sei. Abgesehen davon, dass Karina glücklich in der Waldsiedlung lebte, die bald wieder vollends hergerichtet war. Zudem hatte sich unbemerkt und unscheinbar unter der Oberfläche des Alltags in Stadt und Schloss ein kleiner schwacher Funke breit gemacht. Die Bediensteten des Schlosses, so unsichtbar und unwesentlich wie sie für die Adligen waren[5], hatten doch selbst Augen und Ohren. Vieles von den Ereignissen der letzten Wochen hatten sie auf die ein oder andere Weise erhaschen können und dies wurde unter hervorgehaltener Hand im Vertrauen weitergegeben. So kam es, dass sich hie und da der Ansatz einer neuen Idee im Denken oder gar im Handeln des ein oder anderen Schloss- und Stadtbewohners festsetzte. Vielleicht merkte die betreffende Person dies nicht einmal selbst. Im Falle meines Vorfahren aus jenen Tagen, des Haushofmeisters Sohn, hatte dies sogar sehr

---

[5]Unwesentlich waren sie natürlich nur in der Wahrnehmung der Adligen, tatsächlich wäre ohne die Bediensteten der ganze Haushalt zusammengebrochen und die edlen Herrschaften hätten wohl lange vergeblich nach dem Hauptgang oder mehr Wein gerufen.

konkrete Auswirkungen. Vom Vorbild Karinas beeindruckt und von der Hand seines Vaters geschreckt, folgte er irgendwann ihrem Beispiel und fand seinen Weg in die Waldsiedlung. Über ihn konnte vieles, was sich während der Abwesenheit Karinas bei Hofe zutrug, in Erfahrung gebracht werden und zusammen mit ihren Erlebnissen überliefert werden, so wie auch ich nun diese Erzählung weitergegeben habe.

Wie ihr wisst, fanden die Ideen der Siedler im Laufe der Jahre mehr und mehr anklang – die Waldsiedlung wuchs und gedieh und es entstanden weitere Siedlungen nach ihrem Vorbild. Der Rest ist Geschichte. Daher seid euch bewusst, dass ein Gedanke sich auf die unwahrscheinlichsten Wege verbreiten kann und manchmal große Auswirkungen hat, selbst wenn es zunächst gar nicht so scheinen mag.